Kristina Gehrmann

IM EISLAND

Band 3:

Verschollen

HINSTORFF

Danksagung

Dieses Projekt wäre ohne die Unterstützung meiner Eltern und Großeltern nicht möglich gewesen. Außerdem haben mehrere Franklin-Expeditions-Enthusiasten und Experten meine Fragen beantwortet und Quellen und Informationen mit mir geteilt:

Peter Carney – http://erebusandterrorfiles.blogspot.de
Russell Potter – http://visionsnorth.blogspot.de
Der Modellbauer – http://buildingterror.blogspot.ca
William Battersby – † 17. 10. 2016 – *In memoriam*

Und danke, Mathias, für die ständige Unterstützung meiner unverbesserlichen Obsessionen.

WAS BISHER GESCHAH

Sommer 1846: Unter dem Kommando von Sir John Franklin verlassen die Schiffe Ihrer Majestät *Erebus* und *Terror* ihr erstes Winterlager vor der Beechey-Insel und setzen ihren Weg durch das unkartierte Eismeer fort.
Schon bald müssen die Dampfmotoren eingeheizt werden, um im zunehmenden Packeis voranzukommen. Doch die moderne Technologie erweist sich als nutzlos: Die *Erebus* und *Terror* frieren im offenen Packeis ein, bevor ein sicherer Winterhafen gefunden ist.

In ihrem zweiten arktischen Winter kämpfen die Seefahrer mit Langeweile, Kälte, Depressionen, einer Rattenplage, und schließlich mit skorbutähnlichen Symptomen.
Doch ihre Hoffnung ist ungebrochen: Im nächsten Sommer, so glauben alle, wird man die Nordwestpassage meistern!

Im Frühjahr 1847 zeigt das Eis immer noch keine Anzeichen, aufzubrechen. Leutnant Gore und Maat Des Voeux verlassen die *Erebus* für eine offizielle Erkundungstour der nahegelegenen King-William-Insel, von der sie erfolgreich zurückkehren. Nun müssen sie feststellen, dass Sir John Franklin urplötzlich an einem Herzinfarkt gestorben ist.

Der Verlust ihres Kommandeurs ist ein schwerer Schlag für die Mannschaften beider Schiffe. Trotz allem versuchen Kapitän Crozier und Kapitän Fitzjames, ihre hochgesteckten Ziele doch noch zu erreichen ...

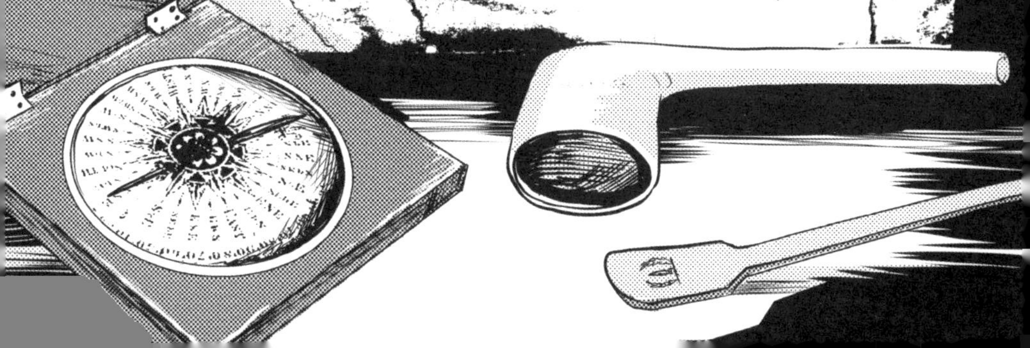

H.M.S. EREBUS

SIR JOHN FRANKLIN †
Expeditionsleiter / Kapitän

JAMES FITZJAMES
Commander

GRAHAM GORE
Leutnant

HENRY LE VESCONTE
Leutnant

JAMES FAIRHOLME
Leutnant

CHARLES DES VOEUX
Maat

JAMES REID
Eislotse

STEPHEN STANLEY
Schiffsarzt

HARRY GOODSIR
Assistenzarzt/Wissenschaftler

Darüber hinaus:
2 Maaten, 1 Zweiter Steuermann, 1 Zahlmeister, 3 Subalternoffiziere, 22 Unteroffiziere, 19 Matrosen, 7 Seesoldaten und 2 Schiffsjungen.

H.M.S. TERROR

FRANCIS CROZIER
Kapitän

JOHN IRVING
Leutnant

THOMAS BLANKY
Eislotse

JOHN PEDDIE
Schiffsarzt

ALEXANDER MACDONALD
Assistenzarzt

THOMAS JOPSON
Kapitänssteward

WILLIAM SINCLAIR
Matrose

JOHN DIGGLE
Koch

TOMMY EVANS
Schiffsjunge

Darüber hinaus:
2 Leutnants, 2 Maaten, 1 Zweiter Steuermann, 1 Proviantmeister, 2 Subalternoffiziere, 16 Unteroffiziere, 17 Matrosen, 6 Seesoldaten und 1 Schiffsjunge.

KAPITEL I

9. November 1847
Fünf Monate nach Sir Johns Tod
!!

Skorbut hat die Angewohnheit, alte Wunden zu öffnen.
Sehen Sie die Narbe hier, die ganz frisch aussieht?
Dort hat mich vor zwanzig Jahren ein Schulmeister mit dem Lineal geschlagen.
Darf ich fragen, was es bei Ihnen ist, Sir?
Ich wurde angeschossen.
Angeschossen!?
Sie waren doch auch dabei …
… im Krieg in China, in Chinkiang.

Übrigens ist mir ein Gerücht zu Ohren gekommen.
Und das wäre?
Es heißt, Sie und Mr. Crozier würden überlegen, die Schiffe aufzugeben.
Ist das wahr, Sir?
Mein Gott, es ist wahr, stimmt's?
Aber ... wo wollen Sie hingehen?
Wo in Gottes Namen wollen Sie hin!?

11. Januar 1848
Kapitän Crozier, bei allem Respekt ...
... das ist völlig unrealistisch!
Zum Großen Fischfluss? Das sind mehr als 800 Meilen!
Und so viele von uns sind krank! Wie sollen wir das schaffen?
Wir haben keine anderen Optionen!
Der Fischfluss hält, was sein Name verspricht. Es gibt dort Fische und Rotwild im Überfluss! Wir brauchen frische Nahrung, das ist das Einzige, was gegen Skorbut hilft!

Was meinen Sie, Commander Gore?
Kapitän, Sie haben recht ...
... wenn wir den Fischfluss erreichen und dort jagen gehen, sind wir vielleicht gestärkt genug, um noch eine Chance zu haben.
Was ist mit den Depots bei Fury Beach!? Kapitän Crozier, Sie waren doch dabei, als die dort angelegt wurden!
Da liegen lauter Vorräte herum, in einer Gegend, in der im Sommer Walfänger vorbeikommen! Wir könnten gesehen und gerettet werden, wie damals Sir John Ross!
Diese Vorräte sind nun 15 Jahre alt, und Fleisch ist keines dabei! Und wenn wir das Depot erst nach der Walfangsaison erreichen, wie soll es dann 119 Männer einen ganzen Winter lang versorgen?

Ich denke auch, dass alles auf frisches Essen ankommt.
Mr. Gore, ich sollte Sie zurückbegleiten. Es ist schon spät ...
Pardon, Mr. Irving, aber ich er-fülle meine Pflicht als Offizier, so wie Sie alle auch ...
... Skorbut hin oder her.

James, ich denke, Mr. Crozier hat recht. Wir haben keine andere Wahl.
In Ordnung.
Ich vertraue Ihrem Urteil. Sie haben die meiste Erfahrung in der Arktis.
Gut, dann ist es beschlossen! Im nächsten Frühling verlassen wir die Schiffe, um an der Mündung des Fischflusses neue Vorräte zu holen!
King-William-Insel
KANADA
Großer Fischfluss
Wenn uns das gelingt, werden wir gestärkt genug sein, den Fluss hinaufzufahren und den 600 Meilen entfernten Außenposten der Hudson's Bay Company am Großen Sklavensee zu erreichen!

Mir ist so kalt.
Ich will zurück nach Hause! Warum ist es so kalt!?
Hast du nicht gehört, Golding? Wir müssen Kohle sparen und weniger heizen ...
... damit wir wieder mit Dampfkraft vorwärts kommen, wenn im nächsten Sommer das Eis taut!
"Das Eis taut!?" Ha!
Letzten Sommer saßen wir fest, und auch nächsten Sommer werden wir fest- sitzen! Glaubt ihr etwa immer noch an die Märchen, die man uns er- zählt!?

Bis *dieses* Eis schmilzt, könnt ihr lange warten!
Bis dahin haben wir längst die Schiffe bis auf die letzte Planke verheizt!
Tommy, du hast doch mal gesehen, wie Sinclair Ratten gegessen hat, oder?
Ja, wieso?
Vielleicht ist er der Klügste von uns.
Schau mal, wie gesund er aussieht.
Jedenfalls besser als die meisten von uns ...

Sir, die Ärzte von der *Erebus* sind da.
Gut, sie sollen eintreten.
Dr. Stanley, Goodsir. Nehmen Sie doch bitte Platz.
Erst mal eine Übersicht über alle Krankheits-fälle. Dr. Peddie?
Im Lazarett der *Terror*: drei Fälle von Skorbut im Früh-stadium. Einer mit Tuberkulose. Und fünf mit den merkwürdigen Koliken, die auch die Symptome aufweisen, die ich zuerst für Skorbut hielt …
… Ver-färbungen am Zahn-fleisch, Stimmungs-schwan-kungen …

... Apathie, Krämpfe, Übelkeit und Fieber ...
Genau solche Fälle haben wir auch auf der *Erebus!*
Die mysteriöse "arktische Schwäche" also!
Die müssen Sie doch sicherlich schon erlebt haben, Mr. Crozier?
Nicht in diesem Ausmaß!
Ich weiß, was es ist.

Mr. Goodsir ?
Diese Symptome werden in der Fachliteratur beschrieben.
Zum Beispiel in ...
... The Principles and Practice of Medicine von Elliotson, 1839.
Oder in Thomsons The London Dispensatory von 1822 ...
He! Das sind meine Bücher!
... in Lexicon medicus von Hooper, 1839 ...
... und in Turnbulls The Naval Surgeon von 1806. Die Symptome sind eindeutig.
Es handelt sich um Bleivergiftung!

Blei-
vergiftung?
Interessant!
Mr. Goodsir,
Sie sind Naturwissen-
schaftler, kein Arzt!
Nur, weil
Sie ein medi-
zinisches Werk
lesen können, heißt
das noch lange
nicht ...
Dr.
Stanley,
bitte!
Mr. Goodsir,
woher könnte Ihrer
Meinung nach das Blei
kommen?

Das weiß ich noch nicht. Da müssten wir nachforschen.
Vielleicht von den Konservendosen? Die sind doch mit Blei verlötet!
Alle Konservendosen sind mit Blei verlötet!
Wir hatten sie auch auf meinen früheren Expeditionen dabei ... aber die sogenannte arktische Schwäche kam nicht vor ...
... von Bleivergiftung ganz zu schweigen!
Dr. Peddie, Mr. Goodsir: Ich will, dass Sie der Sache nachgehen.
Identifizieren Sie auf der *Erebus* und *Terror* mögliche Bleiquellen.

Mr. Goodsir, vielen Dank für Ihre Mithilfe.
Wir schätzen Ihre Arbeit. Lassen Sie sich nicht von Dr. Stanley einschüchtern.
Keine Sorge, Sir. Ich komme mit ihm klar.
Februar 1848
!!

Großer Gott!
Ich dachte, Sie sollten es wissen, Kapitän.
'Die Ratten sind zurück, in größerer Zahl denn je, und machen sich über die gefrorenen Leichen her.'
'Das Eis ist inzwischen so dick ...'
'... dass wir keine Feuerlöcher mehr hineinschlagen, geschweige denn, unsere Toten anständig begraben können.'

Kapitän, die Ärzte sind da und wollen Sie sprechen.
Senden Sie sie herein!
Wir haben eine mögliche Ursache für die Bleivergiftung gefunden, Sir!
Die Symptome sind erst ab Winter 1846 aufgetreten, als wir hier eingefroren sind.
Wir fragten uns also, ob seither irgendetwas anders war!
Es ist wahrscheinlich das Wasser, Sir!
Das Wasser?
Ja, anfangs hatten wir das Trinkwasser überwiegend aus den Tanks entnommen. Aber seit diese endgültig zugefroren sind, beziehen wir unser Wasser fast nur noch ...

... aus dem Fraser-Patent-Kombüsenofen!
Ein Teil unseres Wassers stammt vom Eis im Eistank, das durch die Abwärme vom Kochen geschmolzen wird und unbedenklich ist.
Jedoch trinken wir auch das Wasser, in dem die Kupferkessel, in denen unser Essen gegart wird, eingetaucht sind!

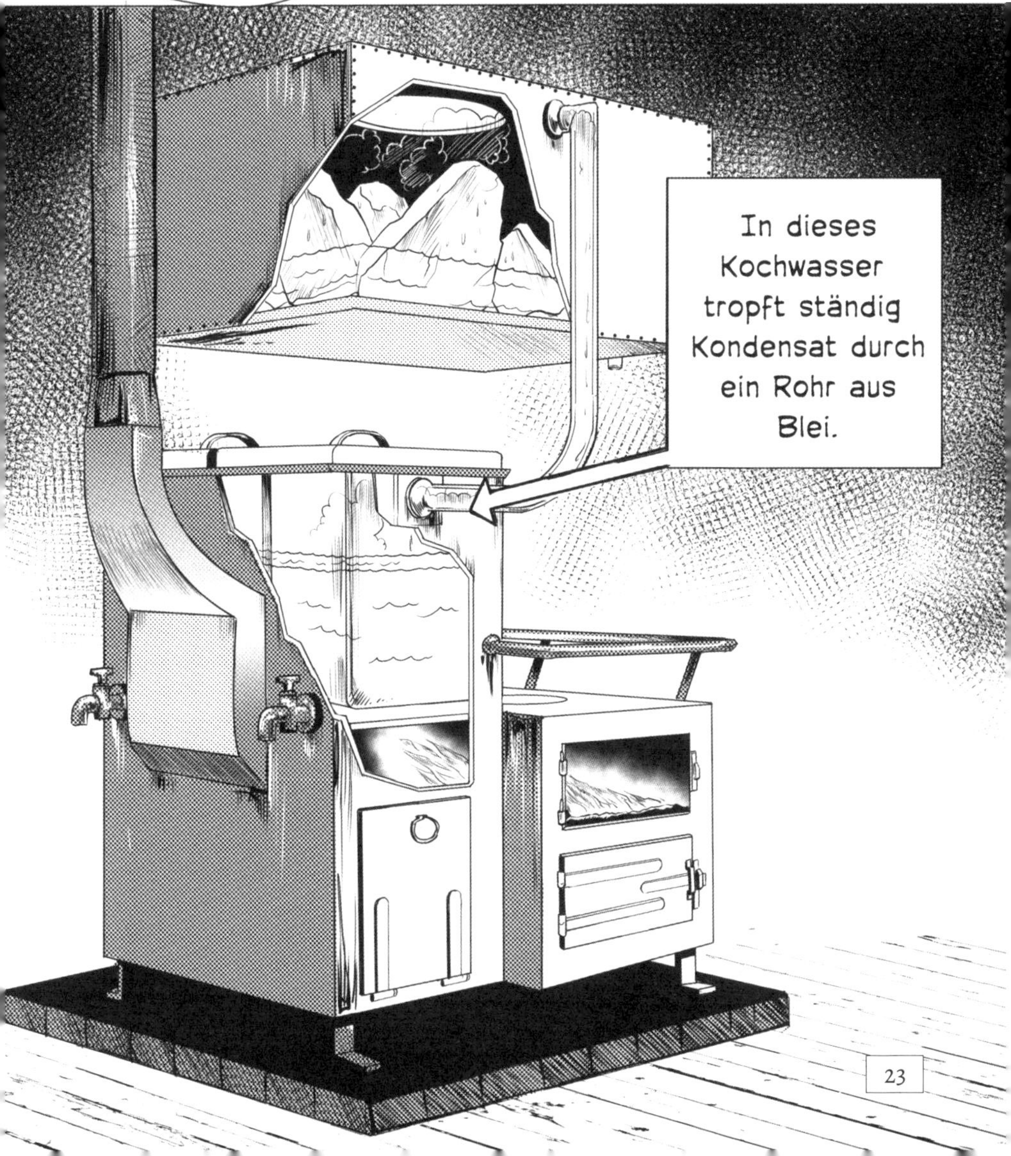

In dieses Kochwasser tropft ständig Kondensat durch ein Rohr aus Blei.

Aber wie kann das sein!? Daheim in England kommt unser Wasser doch auch durch Bleirohre, ohne schädlich zu sein!
Ja, aber das ist *kaltes* Wasser!
Heißes Wasser oder Wasserdampf, wie in diesem Fall, nehmen in einem Bleirohr sehr viel mehr Blei auf!

Sitz der Admiralität, London
März 1848
Lady Franklin – der Arktische Rat!
Mylady, es ist uns eine Ehre!
Gestatten Sie?

Mylady, wir vermuten, dass Sir Johns Expedition den westlichsten Punkt von Sir Parry erreicht hat.
Melville Island
Melville Sound
Er könnte also bei der Melville-Insel im Eis eingeschlossen sein ...
... es sei denn, er hat schon vorher einen Weg nach Süden gefunden ...
... den primären Instruktionen folgend.
Sie wissen also nichts über seinen Verbleib!?
Sir James Clark Ross wird Ihnen nun die Pläne für die Suchexpedition in diesem Frühjahr erläutern.

Später ...
Meine Herren, ich bin zu Dank verpflichtet! Ich hoffe, die Mission wird ein Erfolg ...
... und ich schätze die Mühen der Admiralität über alles. Ich kann Ihnen nicht genug danken!
Falls weitere Suchexpeditionen ausgesandt werden müssen, wird die Sache natürlich noch teurer.
Aber seien Sie unbesorgt! Wenn nötig, werde ich selbst mein ganzes Vermögen aufwenden ...
... um meinen Mann in der Arktis zu finden.
Bis auf den letzten Penny.
Guten Tag, Gentlemen.

Was für eine Frau!
Sir George!
Meine Herren, Sie haben es selbst gehört ...
Wir dürfen nicht zulassen, dass eine Privatperson – eine Frau noch obendrein ...
... mehr Aufwand für Franklins Rettung betreibt als die Admiralität! Wie ständen wir dann da? Nein, meine Herren, wir müssen Franklin finden! Koste es, was es wolle!

Ostersamstag
22. April 1848

Der Weg über das Eis ist größtenteils geräumt und passierbar!
Strengen wir uns an, sind wir in zwei Tagen schon am Ufer ...
... wo Kapitän Fitzjames auf uns wartet! Seid frohen Mutes, Kameraden!
Warum hat Mr. Crozier die Schiffe wieder auftakeln lassen?
Na, es könnte ja sein, dass sie diesen Sommer doch wieder freikommen!
Drei Boote ...
... jeweils 1.400 Pfund!
Ob wir das schaffen?

Commander Gore, wollen Sie sich nicht auf eines der Boote legen?
Sir?
Nein ... mir geht's gut ...
!!
Oh nein ...! Sir!

Graham!
Kapitän Crozier!
Kapitän Crozier!
Es ist Commander Gore ...
... es geht ihm nicht gut, Sir!

Kapitän Fitzjames, sie sind da!
Mr. Crozier und die anderen sind da, Sir!
Wunderbar! Sagen Sie Mr. Wall, er soll ihnen Suppe und Tee kochen.

Francis, willkommen an Land!
Seid ihr alle wohlauf?
Wie ist das Wetter? Hat es Gewitter gegeben?
Zum Glück nicht.
Aber es könnte jeden Moment losgehen.
Notfalls schicken wir eben jemanden zum Lager nach Victory Point, um die Blitzableiter zu holen.
Wo ist Graham?
James, es gibt schlechte Nachrichten.

Commander
Gore ist tot.

Wir haben nicht viel Zeit, aber wir werden ihn anständig be-graben. Hebt das Grab zwei Fuß tief aus!
Wir ersuchen dich demütig, Herr, uns durch den Tod von der Sünde in die Rechtschaffenheit zu erlösen ...

GRAHAM GORE B. 1808 1848
... sodass wir, wenn wir aus dem Leben scheiden, in Christus ruhen mögen, wie wir es für unseren Bruder hoffen, und am Tage der Auf-erstehung in deinem Urteil Gnade finden ...
Warum legt Mr. Irving eine Medaille auf das Grab?
Weil wir keine Zeit haben, um Blumen zu pflücken!
... Gewähre uns dies, barmherziger Vater, durch Jesus Christus, unseren Erlöser. Amen!

Sag mal, kanntest du Graham eigentlich schon vorher?
Nein. Du?
Ja, aber es ist schon sehr lange her ...
Damals war ich 24 Jahre alt ...
... und ein Unterleutnant auf der HMS *Dotterel.*

Die meiste Zeit habe ich mich dort gelangweilt. Ich hatte auf ein richtiges Abenteuer gehofft.
Eines Tages, als wir in einer Flaute lagen, nutzte ich die Gelegenheit, einen Brief an meine Eltern zu schreiben.
Der Kapitän, John Gore, hatte seine zwei Söhne an Bord ...
... John und Graham, die jede Gelegenheit nutzten, Blödsinn zu machen.
Das ist *mein* Papiervogel!
Hol ihn dir doch, du Gurke!
!!
TOCK!

Neeiin! Mein Brief!
Graham!
Deine Unachtsamkeit hat großen Schaden angerichtet!
Es tut mir leid! Es war keine Absicht!
Es wird Zeit für eine Lektion!
Wollen Sie ihn bestrafen, Mr. Crozier?
Pardon, Sir, ich denke nicht, dass das wirklich nötig ...
Einer von uns wird es tun!
Gut, gut, ich mach's, Sir!

Eins ... zwei ... drei ...
Wie gesagt, es ist *lange* her ...
Ich fass' es nicht!

Kapitän, hier ist das Formular!
Danke, Mr. Irving!
Ich diktiere, du schreibst?
Ist mir recht.
25. April 1848. Die Schiffe Ihrer Majestät *Erebus* und *Terror* ...
... wurden am 22. April verlassen, fünf Meilen Nordnordwest von dort, wo sie seit dem 12. September 1846 im Eis festsaßen ...
... Offiziere und Mannschaft aus 105 Seelen, unter dem Kommando von Kapitän Francis R. M. Crozier, sind hier angekommen, in 69° 37' 42' nördlicher Breite und 98° 41' westlicher Länge ...

... Sir John Franklin starb am 11. Juni 1847 und der Verlust durch Todesfälle in der Expedition ... wie viele sind es bisher?
Fünfzehn Seeleute, und ... Sir John, Gore, Collins, Little, Hodgson, Osmer, Thomas, Hornby, Sargent ... neun Offiziere!
... und der Verlust durch Todesfälle beläuft sich bis dato auf neun Offiziere und fünfzehn Seeleute.
Ist dir das aufgefallen, James?
GÄHN
ZZZ
Das sind mindestens dreißig Prozent unserer Offiziere!
Keine andere Expedition hatte bisher vergleichsweise so viele Tote zu beklagen!!

Moment, ich ergänze noch schnell: 'Und gehen morgen, am 26., zu Backs Großem Fischfluss.'
Bringen Sie das zurück zum Steinmal!
Ja-wohl, Sir!
Meine Herren, gestern war Oster-montag!
Ein Fest der Auferstehung und Hoffnung!

Lasst uns singen!
Amazing Grace ...
... how sweet the sound
That saved a wretch like me!
... I once was lost but now am found.
Was blind but now I see.

Through many dangers, toils and snares I have already come.
'Tis grace that brought me safe thus far ...

And grace will lead me home.
Kapitel 1 – Ende

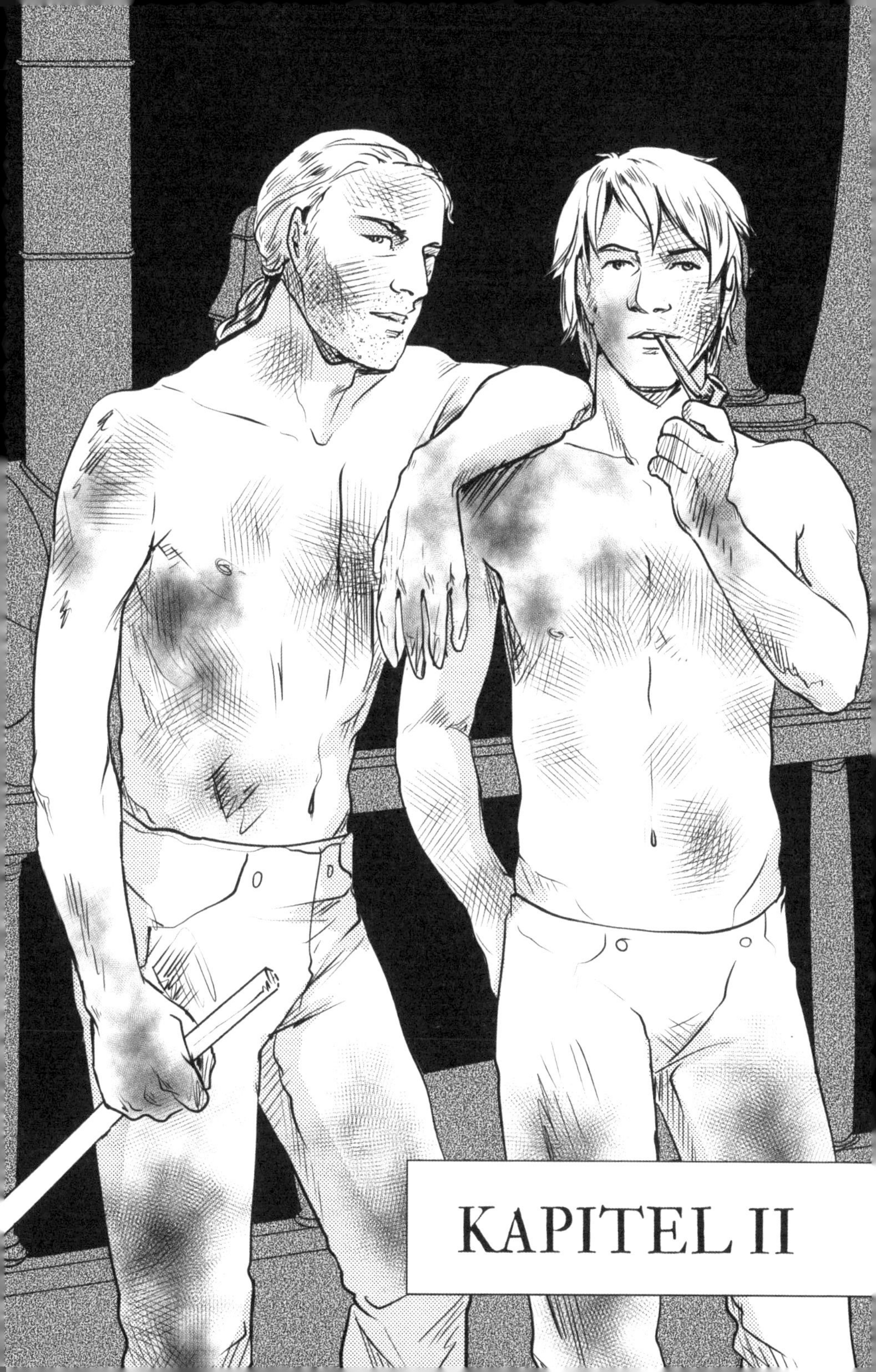

KAPITEL II

12. Mai 1848: Die Schiffe Ihrer Majestät *Enterprise* und *Investigator* ...

... brechen in die Arktis auf, wo ihr Kommandant James Clark Ross die Suche nach Sir John Franklins verschollener Expedition aufnehmen wird.

King-William-Insel
Mai 1848
HHHHHHH
WHHHHHHH
WHIIIJJJJUH

Francis, wir können so nicht mehr weiter.
Die Männer sind zu schwach zum Ziehen. Einer nach dem anderen wird umfallen ...
... und der Rest kann so viele nicht zusätzlich tragen, nicht mit diesen tonnenschweren Booten!
Wir haben viel zu viel mitgenommen.

Was schlägst du vor?
Dass wir hier rasten und Leutnant Fairholme mit den See-soldaten auf Jagd schicken.
Du hast doch die Spuren ge-sehen! Es gibt hier Wild!
In Ordnung. Lassen Sie hier unser Lager auf-bauen.
Ja, Sir!
Viel Erfolg, Mr. Fairholme! Kommen Sie bald wieder!
Mit vollen Schlitten, Sir!

Kapitän?
Was ist, Doktor?
Wir haben jetzt schon zwanzig Kranke, die unfähig sind, zu gehen ...
... geschweige denn, zu ziehen.
Skorbut zersetzt den Körper, und die geringste Anstrengung beschleunigt die Krank- heit.
Bald werden Sie eine Ent- scheidung treffen müssen.

Niemand wird zurückgelassen!
Sir, ich muss Sie daran erinnern, dass wir schon fast einen Monat unterwegs sind ...
... aber bereits die Hälfte des Proviants verbraucht haben, und nur jetzt im Sommer jagen können!
So werden Sie den Großen Fischfluss niemals erreichen. Nicht mit über hundert Mann.
'29. Mai 1848: Diese unsinnige Mission hätten wir niemals beginnen dürfen. Wir haben unsere Kräfte und Ressourcen völlig überschätzt.'
'Bei unserem aktuellen Tempo bräuchten wir zehn Monate, um den Kontinent zu erreichen!
Doch es gibt gute Nachrichten: Unsere Jäger haben einen Moschusochsen und mehrere Karibus erlegt.'

Sir! Kapitän Fitzjames! Das Eis!
?!
He, Vorsicht!
STOLPER
Das Eis, Sir ... das Eis am Ufer, es bricht auf! Mr. Reid sagt, da ist offenes Wasser, Sir!!!
Wie bitte!? Was sagen Sie da!?
Wo ist Mr. Reid? Ist Kapitän Crozier informiert?
Ja, Sir! Überall sind offene Fahrrinnen! So früh in der Saison ist das äußerst ungewöhnlich!
Wenn ich vorschlagen darf, Sir, dass wir zurück zu den Schiffen gehen, um die Chance zu nutzen!

Dann müssen wir sofort zurück zu den Schiffen!
Ja, Sir, wenn wir uns beeilen, könnten wir diesen Sommer mehrere Meilen nach Süden fahren!
Und sind Sie sicher, dass das offene Wasser auch da ist, wo unsere Schiffe sind!?
Ja, Sir!
Francis, wir sind gerettet!
Gerettet ...!

Eins, zwei, drei, zieht!
Nicht müde werden!
Eins! Zwei! Drei! Zieht!

'4. Juni 1848:
Wir begraben zwei
weitere Tote.'
'Das Schreiben fällt mir
immer schwerer.'
'Am liebsten würde
ich nur noch schlafen.'

Wir kehren zurück nach Hause!
Zieht, Kameraden! Zieht!

Da ist es!
Das offene Wasser!
Juhuu!
Hurra!

TSCHU!
TSCHU!
TSCHU!
TSCHU!
TSCHU!
TSCHU!
TSCHU!

Ich bin so dankbar, dass wir hier doch noch raus-kommen, Sir.
Keiner hat mehr daran ge-glaubt. Sie hätten das Gerede in der Messe hören sollen.
Freu dich nicht zu früh. Die Kohle ist fast alle.
Und ...
Oh nein!
Was denn?
Nicht auch noch du, Tommy!
Du blutest aus den Haar-ansätzen!
Skorbut!

Ja, Evans, Sie haben Skorbut.
Das ist das, was er hat, oder?
Ja, Mr. Heather hat es besonders übel erwischt.
Aber es ist unmöglich, den Verlauf der Krankheit individuell vorherzusagen.
Also nehmen Sie weiterhin Ihren Zitronensaft ...
... halten Sie Ihre Kleidung sauber und bewegen Sie sich an der frischen Luft!

Sir, unser Proviant-meister sagt, der Zitronen-saft sei fast alle.
Was tun wir dann?
Dann müssen wir mehr frisches Fleisch essen, wie die Eskimos.
Und wie stellen Sie sich das vor, Mr. Mac-donald?
Wir sind immer noch hundert Mann, und kaum einer von uns weiß, wie man jagt!
Aber die Eskimos wissen es. Und ich spreche ein wenig von ihrer Sprache!
Wenn wir sie fänden, und sie uns gegen Be-zahlung beim Jagen helfen ...
Ich habe Mr. Crozier schon diesen Vorschlag gemacht, aber er sagt, es gäbe hier keine Eskimos.
Wir müssten also nur woanders hin ...
Vergessen Sie es, mein Lieber!
Selbst der erfahrenste Jäger der Eskimos könnte niemals für so viele von uns sorgen!
67

'9. September 1848: Das Wasser war nicht lange offen. Wir haben es nur fünfzehn Meilen weit nach Süden geschafft, bis zu 98° 58' westlicher Länge und 69° 17' nördlicher Breite.'
ÖCHÖ! ÖCHÖ! HUST!
'Doch nun sitzen wir wieder fest. Die Kohlevorräte sind erschöpft.'
'Gott gnade uns!'

Mr. Helpman, wie steht es um unsere Brennstoffressourcen?
Für den kommenden Winter müssen wir uns keine Sorgen machen. Es ist genug Holz und anderes an Bord, mit dem wir heizen können.
Ich würde mit den leeren Proviantkisten und -fässern beginnen ...
... dann die Ersatzrahen, -segel und -taue. Sobald die aufgebraucht sind, könnten wir ein oder zwei der Boote verfeuern. Ich habe eine Liste mit allen Materialien gemacht, die weiterhin infrage kommen.
Und dann? Was machen wir dann?

Sinclair, wie ist der Plan?
Ihr habt es offiziell gehört: Die Kohle ist alle, und sie wollen die Schiffe verheizen!
Wir könnten hier noch lange festsitzen, bevor wir irgendwann erfrieren!
FURY-STRAND
Aber acht-hundert Meilen von hier gibt es ein Proviantlager, am Fury-Strand!
KING-WILLIAM-INSEL
Das hat Sir Edward Parry dort hinter-lassen, als sein Schiff, die *Fury*, 1825 sank!
Ich hab's ge-lesen, Sinclair. Komm zur Sache!
Unsere Kapitäne werde an Weihnachten ein Theaterspiel auf der *Erebus* veranstalten.

Wir stellen uns dabei in die hinterste Reihe ...
... und schleichen uns während der Vorführung hinaus zur *Terror* ...
... wo ich bereits ein paar Vorräte und ein Gewehr gebunkert habe ...
... nehmen diese mit, und hauen ab!
Jetzt, mitten im Winter!? Ich dachte ...
Dann sind wir im Frühjahr oder Sommer am Fury-Strand!
Und da warten wir auf die Walfänger der Sommersaison!
Wir jagen und bauen Schneehäuser wie die Eskimos!
So haben wir bessere Aussichten, zu überleben, als eingesperrt mit hoffnungslosen Kapitänen!

Sinclair, das ist Wahnsinn! Abgesehen davon ...
... dass es auch Fahnenflucht ist! Wir könnten dafür hängen!
!?
Du hast dein Wort gegeben ...
... dass du auf unserer Seite bist!
Bist du eine Ratte?
Du weißt, was wir mit Ratten machen!

"Signor Baptista, mein Geschäft hat Eil'! Ich kann nicht jeden Tag als Freier kommen."
"Wohl kennt Ihr meinen Vater, mich in ihm, Den einz'gen Erben seines Gelds und Guts ..."
Wer hätte gedacht, dass Mr. Crozier so viel Talent auf der Bühne hat!
Es gibt sicher einiges, was wir noch nicht über ihn wissen.

Ist da je-mand?

He!
Wer
da?
Ist da
jemand!?
He!!
Ihr
da!!!
Nichts
wie
weg!
Halt!
Stehen
bleiben!

Alarm!
Alarm!
Vier Mann auf der Flucht!
DING DONG! DING DONG!
Stehen bleiben !!!
PENG!
Henry, komm mit!
Wir über-prüfen das!
Das klang wie ein Schuss!
Vielleicht hat unsere Wache einen Eisbären erlegt!

Was ist los !?
Vier Männer laufen weg, Sir!
Holen Sie den Sergeant und vier Seesoldaten!
Los!
Halt!
Bis hierher und nicht weiter!!!

Was machen wir jetzt mit ihnen? Auf Fahnenflucht steht die Todes-strafe ...
... und dies sind vier gesunde Männer. Wir brauchen sie!
Wir können uns keine weiteren Verletzten leisten, da fällt die Peitsche schon mal weg ...
Und wenn wir nur den Anführer Mr. Sinclair bestrafen? Mit einem Spießrutenlauf?

Er hat das schließ-lich alles geplant.
Die anderen sind nur verwirrte Dummköpfe, die ihm folgen.
Ein Spieß-rutenlauf!? Das ist ja barbarisch!
So etwas Archaisches macht man doch heute nicht mehr. Mr. Crozier?
Harte Zeiten verlangen harte Mittel.
Ein guter Vorschlag. Danke, Mr. Le Vesconte!
Es wird ein Spießruten-lauf.

'Artikel 15 ...'
'Jeder, der desertiert oder andere dazu anhält, soll mit dem Tode bestraft werden oder eine andere den Umständen angemessene Strafe erhalten!'

P-TSCHAK!!
P-TSCHAK!
P-TSCHAK!
P-TSCHAK!
Fester!

Das ist genug!
Bringen Sie ihn ins Lazarett.
?!

Henry!?
Mr. Le Vesconte!
Hören Sie sofort auf!!!

Henry, was fällt dir ein!?
Du kannst nicht einfach weiterschlagen! Das ist gegen das Protokoll!

Was ist los mit dir!?
Ich weiß es nicht, James!
Ich weiß es nicht!!

Währenddessen überwintern die *Enterprise* und *Investigator* in Port Leopold, im Nordosten von North Somerset.
Man sendet Schlittentrupps in alle Richtungen aus, um nach der Franklin-Expedition zu suchen ...
... und fängt sogar Polarfüchse, denen man Nachrichten um den Hals bindet und wieder freilässt.
Von Franklin jedoch keine Spur.

Mr. Blanky, glauben Sie, dass man inzwischen schon Maßnahmen zu unserer Rettung eingeleitet hat?
PORT LEOPOLD
NORTH SOMERSET
BOOTHIA FELIX
KING WILLIAM-INSEL
Ach, Tommy! Selbst, wenn es so wäre ...
... wie sollten sie uns jemals finden, wenn der Weg, den wir gefahren sind, inzwischen wieder komplett zugefroren ist mit antikem Eis ...
... das aussieht, als sei es schon seit Jahrhunderten dort!?
Kapitel 2 – Ende

KAPITEL III

Frühjahr 1849

Kapitän?
ÖCKÖ! ÖCHÖ!
Sir, in Ihrem Zustand sollten Sie aber nicht ...
ÖCHÖ! ÖRGH!
Halten Sie die Klappe und bringen Sie mir meinen Mantel!
Ich werde unsere Besucher empfangen, wie es sich gehört!

Francis, du kommst genau richtig. Mr. Macdonald spricht nur wenig von der Sprache der Eskimos ...
... und wir kommen kaum zurecht. Kannst du es besser?

Gentlemen, wir kommen in Frieden. – Ich bin Kapitän – *isumataq*. Crozier. *Isumataq*.
Aya tima!
Der soll ihr Anführer sein? Der sieht ja noch schlimmer aus als die anderen.
Bist du sicher, dass das eine gute Idee war?

Ach was! Die sind nicht gefährlich. Hab ich recht!? *Aya tima!*
Los, gib ihnen ein Stück vom Essen!
Ähm ... *Netsik?*
Qairulik. Ein kleines Geschenk für euch.
Wir müssen jetzt wieder gehen.
Beim nächsten Mal wollen wir tauschen und handeln.

Ich habe kein Wort verstanden, aber das klang doch gut. Hoffentlich kommen sie wieder.
Egal. Uns ist sowieso nicht mehr zu helfen.

Kapitän Crozier?
Kapitän?
Sie wollten mich sehen, Sir?
Jopson, Sie sagten doch mal, dass Sie *alles* für mich tun würden!
Ich kann Ihnen nicht ganz folgen, Sir ...

Sehen Sie die Pistole dort?
Sir!?
Hier.
Erschießen Sie mich.
Sie sind ja völlig verrückt geworden!

Ich kann nicht mehr. Sie wissen das doch längst!
Jopson, *machen Sie dem Elend ein Ende!*
Ich ... ich habe Lungenentzündung und Skorbut. Ich blute aus allen Körperöffnungen!
Wie lange wollen Sie noch meine ruinierten Bettlaken wechseln ...
... bis ich endlich sterben darf!?

Bitte warten Sie kurz, Sir.
Ich – ich hole den Arzt!
Geben Sie mir die Pistole zurück!
Nein, Sir.
Bitte um Verzeihung, Sir.
Geben Sie sie her!!!

Sie stehen immer noch unter meinem Befehl!
Das ist Meu-terei!
Bleiben Sie, wo Sie sind!!
Kapitän, nicht!!!
PENG!

Alles in Ordnung, Sir?

Ich dachte, ich hätte einen Schuss gehört.

Es war nur das Eis, Irving. Wann gewöhnen Sie sich endlich dran!?

Wieder zwei Karibus?!
Phäno-menal, Mr. Fairholme! Einfach fan-tastisch!
Danken Sie unseren Eskimofreunden, Sir. Die haben mir gezeigt, wie man hier jagt.

Wir wollten ihnen doch auch etwas anbieten, oder?
Aber natür-lich!
Ich habe hier ein paar Messer, Nägel – und Feilen ...
Hmm. Ich habe mir das anders vor-gestellt.
Oder eine Säge. Möchten Sie vielleicht eine Säge?
Wir hätten gern diese Waffe. So eine, wie Ihr Mann sie hat. Geht das?

Diese Feuerwaffe. Verstehen Sie, was ich meine!?
Er will eines der Gewehre, Sir.
Ja, soweit habe ich schon verstanden.
Mr. Fairholme, geben Sie ihm Ihre Schrotflinte.
Wie bitte!?
Sie bekommen eine neue.
Überlegen Sie doch mal: Dann werden die Eskimos auf uns angewiesen sein, um das Gewehr nutzen zu können!
Wir können ihnen Schrot und Schießpulver zu *jedem* Preis verkaufen!

Mr. Crozier?
Hier ist Ihre Medizin.
Ist das weniger als letztes Mal, oder hatten Sie es davor mehr verdünnt?
Meine Vorräte sind nicht unbegrenzt, Sir. Auch andere brauchen Laudanum und Brandy.

Danke!
Ist alles in Ordnung, Sir?
Ich sagte: Danke! Das heißt, Sie können gehen.

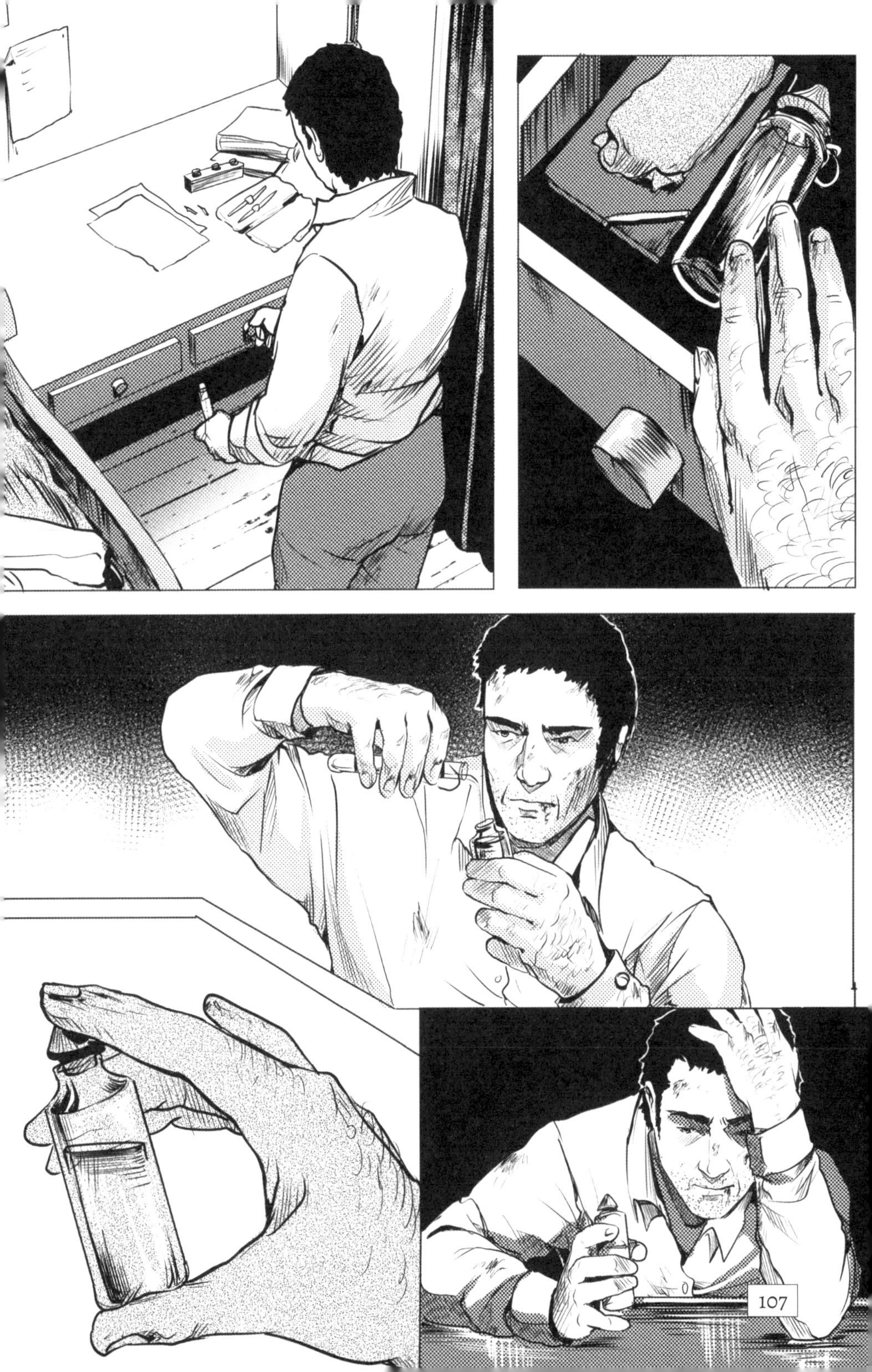

Am nächsten Morgen
DING-DONG!
Auf-wachen!
DING-DONG!

Kapitän
Crozier?
Es gibt
Frühstück!
Sind
Sie schon
wach?

Sir, Ihr Frühstück steht auf dem Tisch. Lassen Sie es nicht kalt wer- ...
... -den.

Kapitän!

Sir, Doktor Peddie und Mr. Croziers Steward wollen Sie sprechen.
So früh am Morgen?
Aber ja, lass sie rein.
Was ist denn los!?

Sir, Kapitän Crozier ist tot.
Er hat sich mit einer Über-dosis Lau-danum …
… das Leben genommen.

Tock
Und Sie haben ihm das Zeug gegeben!
"Aller-kleinste Mengen!" - "Die machen nicht ab-hängig!"
Das haben *Sie* gesagt, Dr. Peddie!

Das war von Anfang an klar!
Sie sind ein gottverdammter Scharlatan!!
Wenn nicht gar noch Schlimmeres!
Ich wusste doch nicht, dass er das Zeug gehortet hat!!
Ich hätte niemals ... nie- mals ...!!
Beruhigen Sie sich! Alle beide!
Wir klären das später! Niemand darf erfahren, was passiert ist, klar!?
Offiziell wird er an der Lungen- entzündung gestorben sein!

Ent-
schuldigen
Sie mich
für einen
Moment.
Ja,
Sir.

Francis
...
... warum lässt du mich mit dieser Last allein!?

Der Herr ist mein Hirte, nichts wird mir fehlen.
Er lässt mich lagern auf grünen Auen und führt mich zum Ruheplatz am Wasser.
FRANCIS R. M. CROZIER 1796 - 1849
Muss ich auch wandern in Finsternis, ich fürchte kein Unheil; denn du bist bei mir ...

James, machst du dir keine Sorgen wegen der Eingeborenen?
Warum sollte ich?
Die könnten doch die Grabruhe stören?
Was soll ich tun? Sie verjagen?
Wir können es nicht riskieren, Henry. Wir brauchen ihre Hilfe. Unser Überleben könnte von ihnen abhängen!
'20. August 1849: Diesen Sommer zeigt das Packeis keinerlei Anzeichen, aufzubrechen.'
Sir, es ist schwierig auf der *Terror*.
'Leutnant Irving, der letzte Offizier der *Terror* und nun ihr neuer Kommandant, ist seiner Aufgabe nicht gewachsen.'

Ich habe das Gefühl, die hören mehr auf diesen Sinclair als auf mich.
Und sie fluchen die ganze Zeit – sehr unchrist-lich.
!!
Und – es gab schon wieder so einen Vorfall!
Das Schiff ist disziplinlos! Sir ...
... ich bin mit meinem Latein am Ende!
Beruhigen Sie sich, Mr. Irving. Wir werden die Mannschaften beider Schiffe auf die *Erebus* zu-sammenlegen!
Wir haben nämlich keine Kohle mehr, und nur noch wenig Material zum Heizen.
Wenn alle dicht zusammen-rücken, wird der Winter erträglicher.
Und dann werden wir nach und nach die *Terror* verfeuern.
Ab nächster Woche werden Sie so viel Holz und Brennbares wie möglich aus ihr herausholen.

November 1849
Zzzzzzzz...
RRRONF...
zzz...
Sir, das Eis hat die *Terror* bewegt!
Sie krängt fast 30 Grad nach Steuerbord!

Gut, dass niemand mehr an Bord ist.
Wir sollten uns beeilen!
Da ist noch viel zu holen.
Wir haben doch schon alle Vorräte aus ihr geholt, Sir; was soll noch übrig sein?
Außerdem ist es Winter ...
Das ist Holz! Alles aus Holz! Das ganze Schiff besteht aus wertvollem Brennstoff!
Wir werden sie auseinandernehmen.
Morgen fangen wir an.
Kapitel 3 – Ende

KAPITEL IV

Nehmt auch die Wände auseinander!

KRRK!
Da! Sie hat sich bewegt!
Schneller!
Einfach alles über Bord werfen!!!

KRRRRRRCK!
Whoa!
KRRAAK
Schneller! Beeilt euch!
Mr. Reid, das sieht gefährlich aus. Sollten wir sie wegrufen?
Keine Sorge, Sir.
Die *Terror* ist schon viel leichter. Sie reitet sozusagen auf dem Eis.
Das ist sicherer, als es aus-sieht.

ZZZZ...
'20. November 1849: Um Feuerholz zu sparen, benutzen wir die große Kapitänskabine gar nicht mehr, sondern treffen uns nur noch in der Offiziersmesse.'
'Es ist eng, dafür bleibt es warm.'
'Von außen sieht man es zwar nicht ...'
'... aber das Eis hat den Rumpf der *Terror* unter der Wasserlinie aufgerissen. Wenn es im Sommer taut, wird sie sinken.'
Deswegen sollten wir uns jetzt beeilen, und sie weiter ausschlachten!
Sir, es muss nun reichen!

Verzeihen Sie mir, aber die *Terror* ist nicht mehr sicher! Das Eis dringt in den Rumpf vor! Wir sollten sie endgültig aufgeben!
Mr. Fairholme, unsere Eislotsen haben betont, dass ein Unglück uns genauso gut auf der *Erebus* ereilen könnte!
Aber die *Terror* ist nun unsicherer als die *Erebus!*
Sir, Sie riskieren unnötig das Leben Ihrer Männer!
Das Risiko, dass wir in diesem Winter nicht genug Holz zum Heizen, Waschen und Kochen haben, ist größer!
Mr. Le Vesconte, suchen Sie die Freiwilligen zusammen ...
... nein, jeder muss jetzt mit anpacken!

Ich weiß nicht, weswegen die sich so an-stellen.
Hier ist doch alles in Ordnung.
RRUMMS!
Holla!
KRRRK!
Da! Sie bewegt sich wieder!

Mr. Fitz-james, jetzt sollten Sie die Männer zurückrufen lassen! Es wird gefährlich!
Hmm ...
Evans, hinter dir!
KRRRAAA
KRRRCK
!?

KRACK!
Pass auf!
KRRRCCK!?!
Golding, wo bist du!?
Evans! Nicht!
Golding ist noch an Bord!!!
Keine Zeit! Komm!
KRRRAAA–
Alle weg hier!!

EVANS!!!

LAUF!
KRACH!

Wir müssen weg!

Was ist da los!?
Die *Terror* wird vom Eis zer-drückt!

Schade um das schöne Schiff.
Warum kommen die Fremden überhaupt in so großen, unpraktischen Seglern hierher?
Weil sie sich darin geborgen fühlen.
Sie kommen in unser Land, aber wollen sich gleich-zeitig davon abschirmen.

Schon wieder Ratten?
Solang wir frisches Fleisch haben, ist es doch egal, woher es kommt!
Es wirkt vorbeugend gegen Skorbut!
Also beschwer dich nicht und iss!
Da hat Sinclair die ganze Zeit recht gehabt!

Der britische Matrose ist zäh und anpassungsfähig ...
... viel mehr noch als seine sogenannten Offiziere!
Ein Lackaffe wie Mr. Fitzjames würde lieber verhungern, als Ratten zu essen.
Ja! Sollen die doch zusehen, was ihnen die sogenannte englische Zivilisation hier nützt!
Schluss mit der Lästerei! Seid dankbar, dass Kapitän Fitzjames mir überhaupt erlaubt, Ratten aufzutischen! Und dankt dem lieben Herrgott, dass er selbst in dieser Eishölle für uns sorgt!

Wir sind jetzt seit vier Jahren in der Arktis. Vier Jahre! Spätestens jetzt sucht man nach uns!
Im nächsten Sommer werden wir das Schiff endgültig verlassen.
Kapitän, bei allem Respekt für Mr. Crozier, Gott hab ihn selig, aber der letzte Versuch war ein absolutes Desaster!
Wo können wir denn hin? Der Fischfluss und auch alles andere ist viel zu weit weg!
Wir werden zur Repulse-Bucht gehen. Dort ist die Chance, das ganze Jahr über Menschen zu treffen, am höchsten.
Walfänger, Eskimos, Polarforscher ...
Aber – das ist doch hunderte Meilen weit von hier entfernt!

Meine Herren, hat irgend-jemand vielleicht …
… eine bessere Idee?
Gut, dann ist es beschlossen. Im April geben wir die *Erebus* auf. Die-jenigen, die nicht mehr gehen können, bleiben mit Vorräten für einige Monate in einem Zeltlager am Ufer zurück, für den Fall, dass das Eis das Schiff gefährdet.
Die anderen und ich gehen in Richtung Repulse-Bucht und holen Hilfe.

Da unsere primäre Anweisung lautete, nach Süden zu fahren, ist die Chance, dort auf eine Rettungsexpedition zu treffen, am höchsten.
Deswegen werden wir im nächsten Frühling in südöstliche Richtung bis zur Repulse-Bucht gehen, in der Hoffnung, schon unterwegs Hilfe zu finden!
Denn man sucht uns, Kameraden!
Soviel ist gewiss!

Inzwischen ist Kapitän James Clark Ross mit den Schiffen *Enterprise* und *Investigator* nach London zurückgekehrt ...
Was soll das heißen: "Keine Spur von Franklin!?"
Nein, Sir! Kein einziges Steinmal, keine Nachricht, gar nichts!
... und die Spekulation über das Schicksal der verschwundenen Arktis-Expedition ...
Ha, ich wette, Sir John sitzt längst in einer Teestube in Hongkong!
... wird zum nationalen Gesprächsthema.

Winter 1849/1850
Der fünfte Winter im Eis

Hast du ein Glück, Neptun!
Du musst wohl der Einzige sein, der nicht ahnt, wie tief wir in der Tinte stecken.
Aber ich verspreche dir eines!
Egal, wie furchtbar unsere Situation wird, ich werde auf dich aufpassen.
Ich fange dir die Ratten sogar eigen-händig, wenn ich muss.
Ach, Neptun, wenn du nicht wärst, wüsste ich nicht mehr, wofür ich noch jeden Morgen aufstehe.
Jeden-falls nicht für diese ver-fluchte Mission!
Ich wünschte, ich hätte diese Reise niemals an-getreten.
Sie hat uns nichts als Unglück gebracht. Keiner sagt es, aber ich weiß, was die anderen denken! Wenn nicht bald ein Wunder geschieht, werden wir alle in dieser eisigen Wüste sterben!

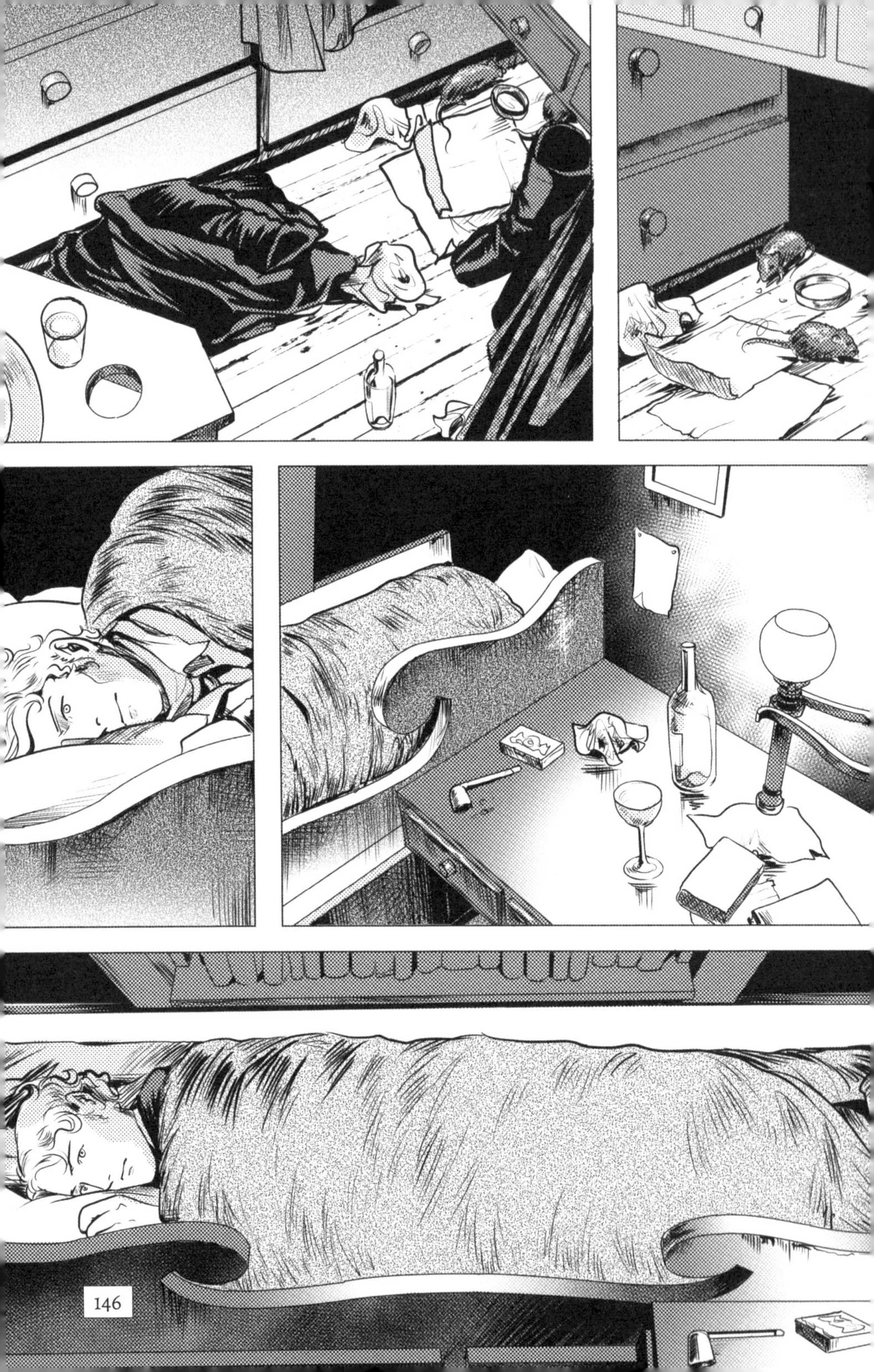

Es sind schon fünf Jahre ...
... fünf Jahre ...
... in dieser gottverlassenen, eiskalten Hölle.

Francis ...
... wie konntest du uns einfach verlassen!?
Das verzeihe ich dir nicht!!

1. Mai 1850
'Die *Terror* ist endgültig vom Eis zermalmt worden und gesunken.'
'Der Besan-mast fiel zuletzt. Bis zum Ende zitterte er wie der dürre Arm eines Sterbenden.'
'Wir sind nur noch 82 Mann, und die Hälfte davon ist nicht in der Verfassung zu gehen oder Boote zu ziehen.'

'Aber nun
haben wir
keine andere
Wahl mehr.'

'Die *Erebus* haben wir nun verlassen. Wie geplant, werden wir zu Fuß nach Südosten gehen, um Hilfe zu holen.
Unsere Kräfte reichen aus, um Proviant für zwei Monate mitzuführen.'
'Für die Kranken haben wir ein Zeltlager am Ufer gebaut.'
'Bei halben Rationen haben sie dort Vorräte für drei Monate.'

'Leutnant Fairholme, Mr. Blanky, Leutnant Des Voeux, Doktor Stanley und unser Hund Neptun bleiben bei den Kranken.'
Alles Gute, Mr. Fairholme.
Gott schütze Sie, Sir.
Seien Sie unbesorgt um uns, Kapitän.
Wuff!

Haupt-sache, Sie finden Rettung! Bis dahin den-ken Sie daran, was für ein guter Jäger ich bin!
Daran habe ich keine Zweifel, mein Lieber!
Die Repulse-Bucht ist voller Wal-fänger. Wir gehen mit wenig Gepäck und kommen spätestens am Ende des Sommer zurück!
Haltet die Rationen ein!
Lebt wohl!
Wuff! Wuff!

Die aber-
gläubischen
Matrosen
haben recht
gehabt.
Wie
bitte?

Wir sind
verflucht!

Was?
Das ist die Strafe für unseren Hoch-mut!
ÖCHÖ! ÖCHÖ! ÖCHÖ!

Mr. Blanky –
sagen Sie mal …

Warum will sie nicht mit mir ausgehen?
Ich bin doch so gut zu ihr, sieht sie das nicht? Und ich habe ... ich werde eine ruhmreiche Karriere in der Royal Navy haben ...
Hä ...?
Ach herrje ...
Tommy, man kann ein Mädchen nicht "gewinnen" wie in den Romanen und Theaterstücken!
Und nun schlaf! Du denkst nicht klar!

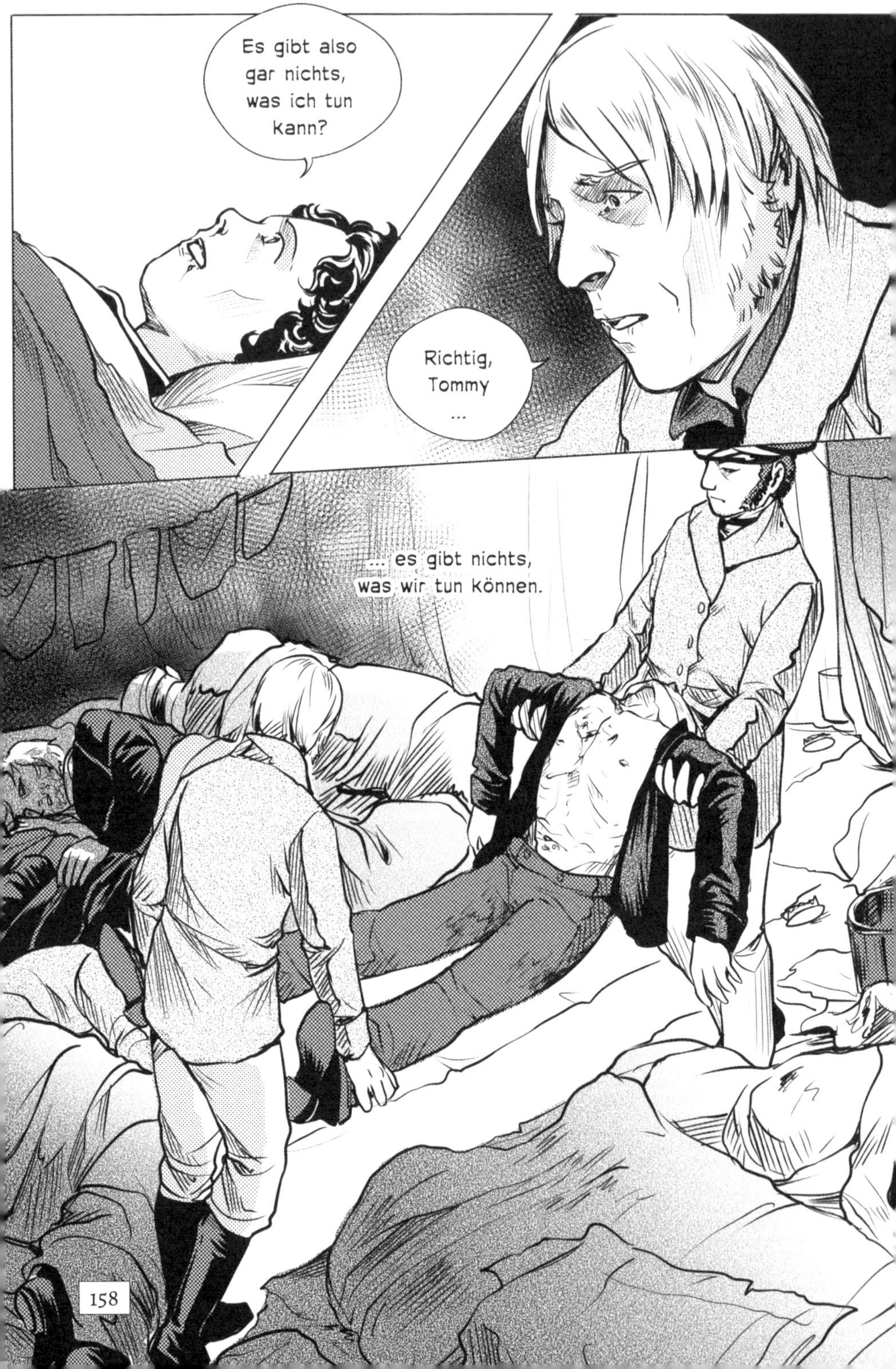
Es gibt also gar nichts, was ich tun kann?
Richtig, Tommy …
… es gibt nichts, was wir tun können.

Juni 1850
... nimm die Seele unseres Bruders zu dir, Herr, und wache weiterhin über uns ...
... so dass wir – äh – am Tag der Auferstehung Gnade finden mögen. Amen!

Auf, auf! Weiter geht's !
Sag mal, James ...
... wieso lassen wir die Toten zurück?
Unsere Vorräte reichen doch gerade mal für zwei Monate bei Zweidrittel-Rationen.
Was, wenn wir nicht genug Wild erlegen? Dann haben wir gar nichts! Es sei denn ...
Was meinst du?

Henry ... wir – wir schaffen das!
Alles in Ordnung, Sir?

... alles in Ordnung.

KAPITEL V

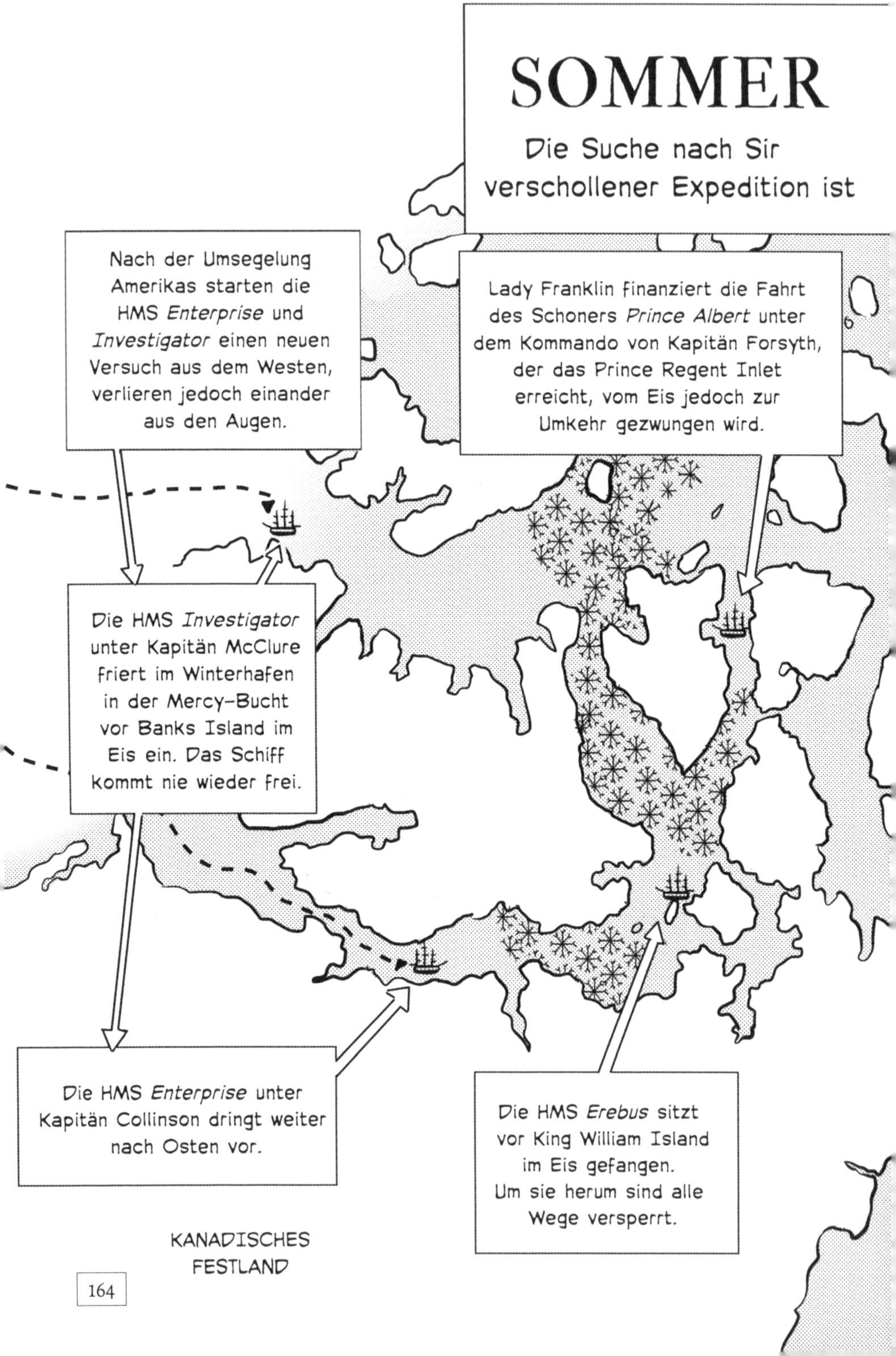
SOMMER
Die Suche nach Sir
verschollener Expedition ist
Nach der Umsegelung Amerikas starten die HMS *Enterprise* und *Investigator* einen neuen Versuch aus dem Westen, verlieren jedoch einander aus den Augen.
Lady Franklin finanziert die Fahrt des Schoners *Prince Albert* unter dem Kommando von Kapitän Forsyth, der das Prince Regent Inlet erreicht, vom Eis jedoch zur Umkehr gezwungen wird.
Die HMS *Investigator* unter Kapitän McClure friert im Winterhafen in der Mercy-Bucht vor Banks Island im Eis ein. Das Schiff kommt nie wieder frei.
Die HMS *Enterprise* unter Kapitän Collinson dringt weiter nach Osten vor.
Die HMS *Erebus* sitzt vor King William Island im Eis gefangen. Um sie herum sind alle Wege versperrt.
KANADISCHES FESTLAND

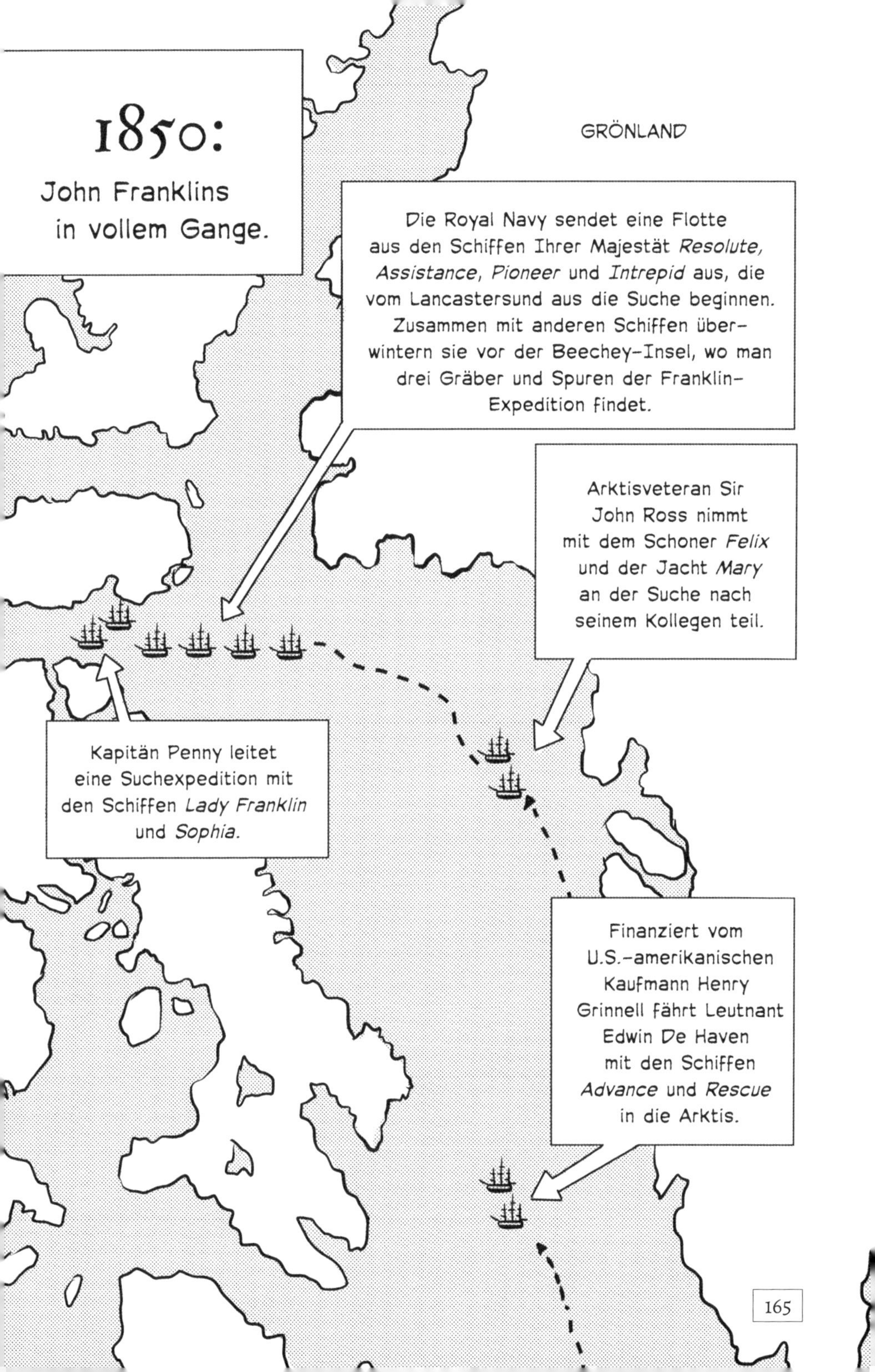
1850:
John Franklins
in vollem Gange.
GRÖNLAND
Die Royal Navy sendet eine Flotte aus den Schiffen Ihrer Majestät *Resolute, Assistance*, *Pioneer* und *Intrepid* aus, die vom Lancastersund aus die Suche beginnen. Zusammen mit anderen Schiffen überwintern sie vor der Beechey-Insel, wo man drei Gräber und Spuren der Franklin-Expedition findet.
Arktisveteran Sir John Ross nimmt mit dem Schoner *Felix* und der Jacht *Mary* an der Suche nach seinem Kollegen teil.
Kapitän Penny leitet eine Suchexpedition mit den Schiffen *Lady Franklin* und *Sophia*.
Finanziert vom U.S.-amerikanischen Kaufmann Henry Grinnell fährt Leutnant Edwin De Haven mit den Schiffen *Advance* und *Rescue* in die Arktis.

Lazarettlager
Juli 1850
Mr. Fairholme hat ein Karibu erlegt!
Lasst es euch schmecken!

Du musst auch mal was essen, Blanky!
Ich kann nicht, Charles.
Das ist das beste Karibu, das ich je gegessen habe!
Ja, lecker!
Ich kann doch nicht ...
... noch tiefer sinken!

Währenddessen ...

Kapitän Fitzjames!
Was ist los!?
Da drüben sind Leute!
Da drüben …
… sehen Sie!?

Das sind Eskimos. Was, wenn sie gefährlich sind?
Wir müssen es ris-kieren.
Wir sind viel besser bewaffnet.
Aber dafür schwächer!
Eben! Wir müssen versuchen, von ihnen Essen zu kaufen. Aber wir werden vor-sichtig sein!

Leg deine Waffen nieder. Ich gehe vor.
Guten Tag, meine Herren …
… und, äh, Damen?
Ich bin James Fitzjames … *agluka.*
Ich, ähm, wir haben …
Sir! Mr. Macdonald spricht ein wenig von der Sprache der Wilden; lassen Sie ihn reden!
Warum sagt mir das keiner!?
Ver- suchen Sie es mal!

Mein Name ist Macdonald. – Wir kommen in Frieden.
Aya tima. Wir – äh – haben Hunger. *Kapungah!*
Hunger! Verstehen Sie? Bitte helfen Sie uns!
Kapungah … Aya tima! Maniktu-mi! …

Unser Schiff – *umiak* – wurde vom Eis zerdrückt und ist untergegangen …
Er redet von einem Schiff, oder?
Was sollen wir tun? Das sind viel zu viele! Wir können auf keinen Fall weitere Vorräte entbehren!
Warum glauben die Fremden immer, dass man ihnen helfen kann !?
Die hier mögen ver-zweifelt sein, aber nicht gefährlich. Wir sind ohnehin viel schneller! Morgen früh ziehen wir sofort weiter!

He! Halt! Wartet doch!
Was ist los, Chambers?
Diese herzlosen Bastarde hauen ein-fach ab!
Urteilen Sie nicht so hart. Deren Leben ist auch nicht ein-fach.

Lazarettlager
August 1850
... Essen ... ich brauche Essen ...!
Wir hatten doch Vorräte für zwei, drei Monate?
Ich weiß nicht, wie viel Zeit vergangen ist ...
Leer!

Verdammt!
Was ist denn das!?
!?

DOMP

Sie werden einsehen, dass es unsere einzige Chance ist.
Dank dieser Maßnahme werden einige von uns gestärkt genug sein, um zurück zum Schiff zu gehen und Vorräte zu holen!
Das müssen wir demnächst tun, wenn wir überleben wollen! Und was, wenn ein Eisbär über die Toten herfiele? Sollte der eine bessere Mahlzeit haben als wir!?
Als Leutnant werde ich für unser Überleben sorgen.
Sie werden Gehorsam leisten, und ich übernehme alle Verantwortung für das, was wir hier tun.

Leutnant Fairholme, mit Verlaub ...
... ich glaube nicht, dass wir es uns noch leisten können, den Hund zu füttern.
Bitte denken Sie doch darüber nach!
Mr. Blanky ...
... wenn Sie Neptun auch nur *ein* Haar krümmen ...
!?
... dann erschieße ich Sie eigen-händig!

Währenddessen ...

... einunddreißig, zweiunddreißig ...
Da fehlt doch einer!
Wo ist denn Armitage!?
Was ist los!?
Mr. Armitage fehlt!
Das darf nicht noch einmal passieren, Henry ...

Wir sollten zurückgehen und ihn holen!
Auch, wenn er schon tot ist ...
James, es bringt nichts, das Nötige heraus-zuzögern!
Henry!
Nein!
Das ist doch ...
... wir sind doch Eng-länder!

28. August 1850
'Heute ist der Assistenzarzt Mr. Goodsir gestorben.'
'Er litt an Lungenentzündung, begünstigt durch Skorbut und Unterernährung.
Zuletzt machten ihm Erfrierungen an den Füßen das Gehen unmöglich.'
'Obwohl unsere Kräfte dafür kaum ausreichen, habe ich angeordnet, ihm ein halbwegs ordentliches Grab zu schaufeln.'
'Denn ich fürchte mich vor der Alter-native, die unausgesprochen in unser aller Gedanken ist.'

Lazarettlager
1. September 1850
Wir werden so schnell wie möglich zurück sein ...
... mit so vielen Vorräten, wie wir ziehen können!
Leutnant Fairholm ...
... bitte sorgen Sie sich nicht um uns, das bringt nichts!
Wenn Sie offenes Wasser vorfinden, fahren Sie um Gottes willen mit der *Erebus* weiter!
Dann haben wenigstens Sie eine Chance!
Leben Sie wohl!
Bist du sicher, dass du stark genug bist zum Ziehen, Tommy?
Ja, Sir!

Warum ... schleppen wir eigentlich ...
... dieses Scheiß-Boot!?
Weil Mr. Fairholme glaubt, dass die *Erebus* im offenen Wasser ist!

Am nächsten Tag ...
Sir, das Boot ist viel zu schwer! So schaffen wir es nicht!
Was, wenn wir es völlig umsonst schleppen? Bisher war das Eis meistens zu!
Sinclair hat recht! Dieses Boot zu ziehen, ist der reinste Selbstmord!
Jawohl!
Sie schlagen also vor, Ihre kranken Kameraden hier zurückzulassen!?
Evans und Diggle sind selber schuld, wenn sie ihre Kräfte überschätzt haben!
Wir brauchen doch keine zwei Tage bis zur *Erebus!* Hören Sie, wir sind viel schneller, wenn wir jetzt ohne das Boot zum Schiff gehen ...
... die Vorräte holen, dann die beiden hier, und alles zurück ins Lazarettlager schaffen!

!?
Mr. Diggle! Wachen Sie auf!
Man hat uns zurückgelassen!

Hat man uns Essen dagelassen?
Tee!?
Schokolade!?
Au!
Au!

Verdammt!
Was ist hier sonst noch!?
Seife, Kämme und Kleiderbürsten ...
Bibeln ... Gesang-bücher ...
Aber ... warum ... !??

AAAAAAHH!

15. September 1850
Victory Point
HMS Erebus
KING WILLIAM INSEL
Lazarett-lager
Kapitän Fitzjames' Route
Hier rasten wir!

Nach Ihnen, Kapitän.
Wer hat noch nicht, wer will noch mal?

Sir John Franklin hat damals unter diesen Umständen überlebt ...
"Der Mann, der seine Stiefel aß."

Kapitän ...
... die halben Rationen reichen nur noch für zwei Wochen ...
... und der Sommer ist so gut wie vorbei.
Was sollen wir tun!?

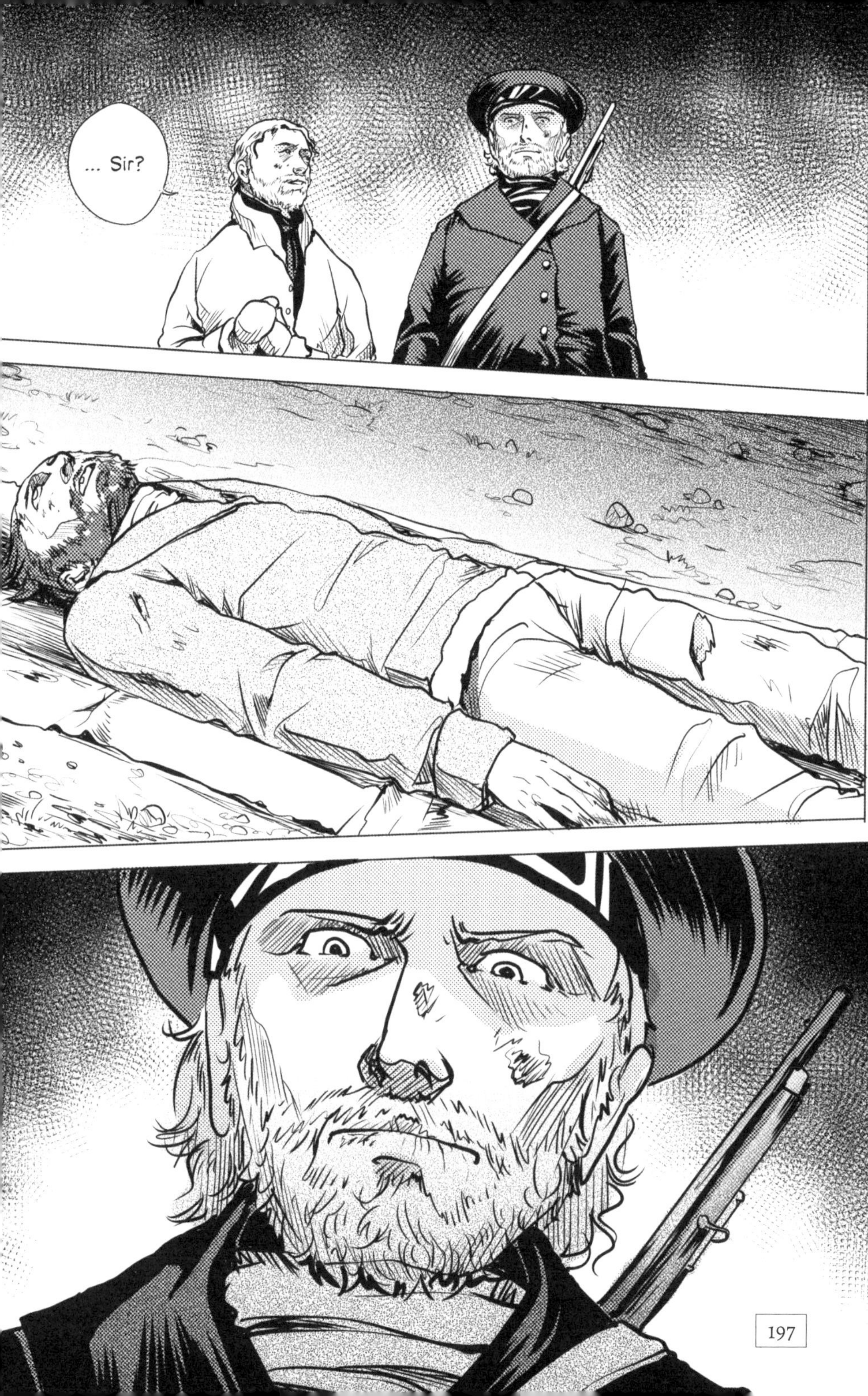
... Sir?

Richten Sie Mr. Le Vesconte aus ...
... er soll Mr. Goodsirs Werkzeugkasten holen und sich dann bei mir melden.

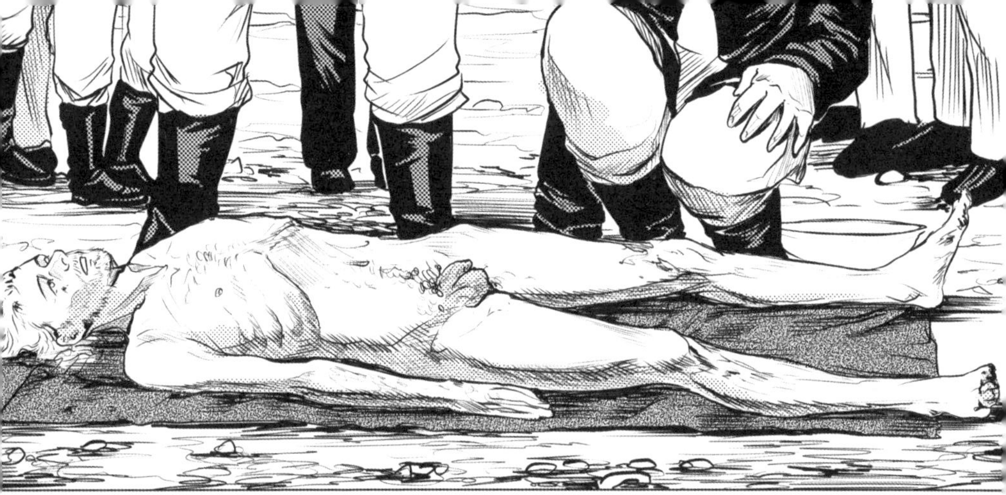

...RRRT~
...RRRRRTT.
RRTZ-RRRTZ!

Was ist los!? Mach weiter!

James, ich kann das nicht!
Das ist keine Arbeit für einen Offizier!
Du stehst immer noch unter meinem Befehl!
Wirst du für unsere Männer sorgen oder nicht!?
War das deine Idee oder nicht !?

Pardon, Sir, aber hiermit geht es vielleicht besser ...
Los!
TSCHAK!
Sei vorsichtig! Wir brauchen die Gliedmaßen intakt!
TSCHAK!

Gut, das reicht!
Den Rest kannst du zersägen!
Helfen Sie ihm, die Arme und Beine einzupacken!
Jawohl, Sir ...

Kapitel 5 – Ende

KAPITEL VI

Wunder-
bar!
Hier ist mehr zu essen, als ich dachte!
Jeder trägt eine Kiste aufs Eis!
Findet die Schlitten, und beeilt euch!
Wir bleiben hier.
Tun Sie, was Sie wollen, Leutnant.

Was soll das!? Ihr steht noch immer unter meinem Befehl!
Kein Matrose der *Royal Navy* ...
... muss die törichten Anweisungen eines Wahn-sinnigen befolgen!
Das ist Meuterei!
Es wird Winter, Mr. Fairholme! Unsere Kameraden da draußen werden jämmerlich erfrieren!
Aber *wir* können hierbleiben, die Möbel verheizen, und so einen weiteren Winter über-leben!
Und vor allem werden wir hier *Konserven-futter* essen, und keine Menschen!

Letzte Warnung! Seien Sie vernünftig, Mr. Sinclair!
Was ... !?
Legen Sie die Waffe nieder und gehen Sie in Ihre Kabine!
Seien *Sie* vernünftig, Mr. Fairholme! Wir wollen nicht noch mehr Tote!
Du be-wachst ihn. Wenn er brav ist, kann er was zu essen haben!
Ja-wohl!

Währenddessen ...
PENG!!
Ja! End-lich!
Haben Sie das gesehen, Mr. Diggle!?
Ich habe einen Fuchs geschossen!

?!
Eine Nachricht!?
H.M.S. ENTERPRISE & INVESTIGATOR WINTERING
PORT LEOPOLD 73° 50′ 59″ N 90° 19′ 59″ W
SEPT. 1848 - EST. JULY 1849 - LEAVING CACHE

AH-HA-HA-HA! HA-HAHA HAHA..!
HA-HA-HA!
Mr. Diggle, sehen Sie sich das an! Die haben nach uns gesucht!
Die haben uns gesucht ...!

A-HA-HAHA!
HA... HA...HA... KA...
HA-HA-HA-HA-HA!

Sommer 1851

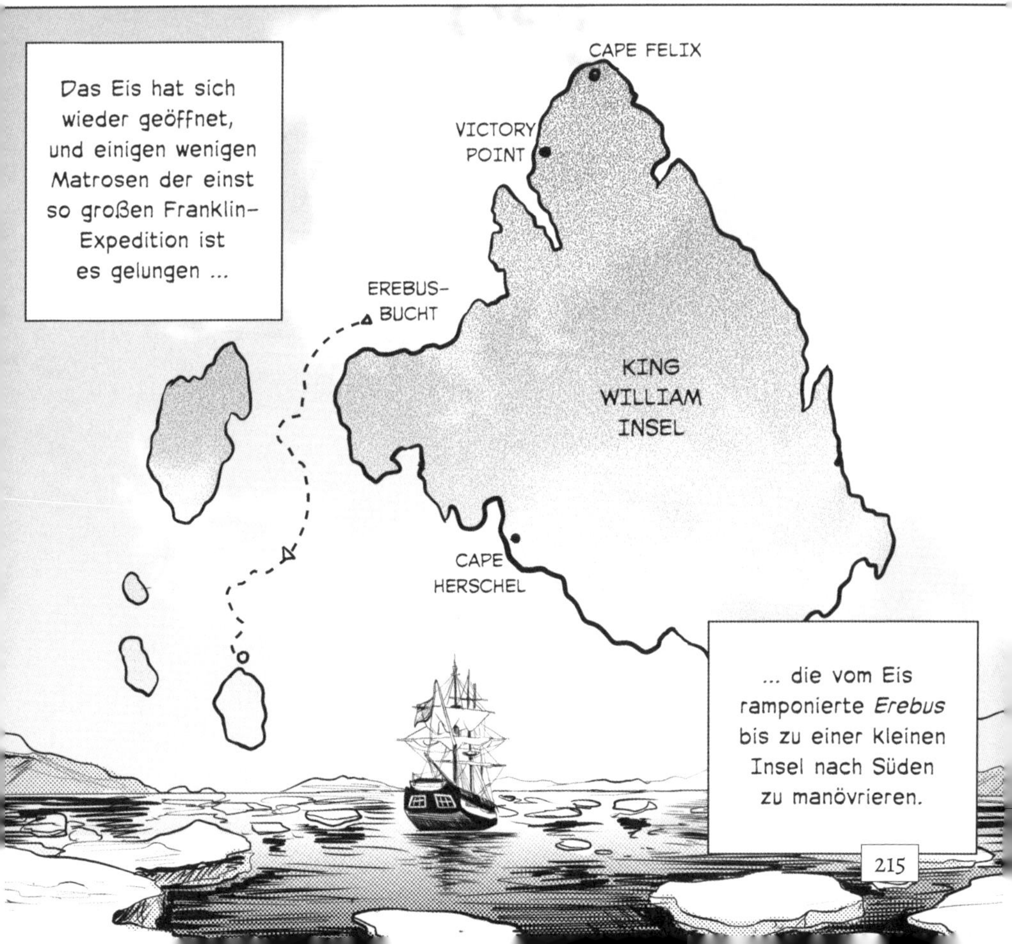
Das Eis hat sich wieder geöffnet, und einigen wenigen Matrosen der einst so großen Franklin-Expedition ist es gelungen ...
CAPE FELIX
VICTORY POINT
EREBUS-BUCHT
KING WILLIAM INSEL
CAPE HERSCHEL
... die vom Eis ramponierte *Erebus* bis zu einer kleinen Insel nach Süden zu manövrieren.

Und du willst wirklich nicht mit- kommen, Fairholme?
Lass ihn doch allein ...
... der ist zu nichts mehr nütze.
Aber den Hund sollten wir mitneh- men!
Komm her, Neptun!

Warum erschießen wir den Kerl nicht ein-fach ...
... und nehmen ihn als Proviant mit!?
Ver-dammt noch mal, wir sind keine Kanni-balen!
Und wir haben eine Chance, nach Hause zu kommen!

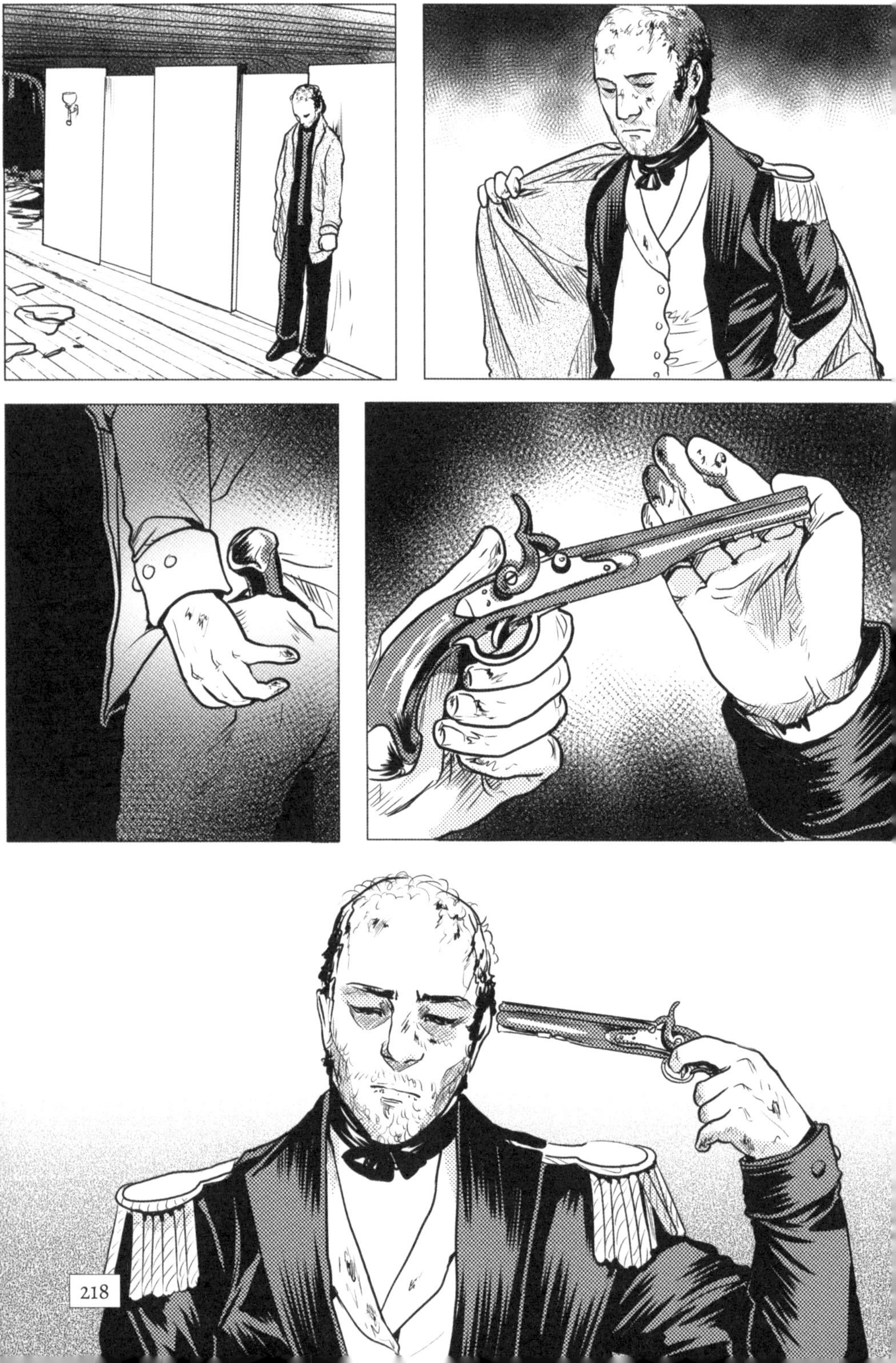

PENG!!
Hey!
Neptun,
hierher
!!!

Adelaide-Halbinsel

London
November 1851
"Die Hoffnung erblasst angesichts der Vorstellung unserer hungernden Genossen, die, wenn sie noch am Leben sind ..."
"... in ihrem eisigen Gefängnis einen weiteren Winter in Dunkelheit und Entbehrung verbringen."
"Was ist das Ergebnis all unserer Bemühungen? Wir sind kein bisschen weiser als zuvor."
Die Nordwestpassage ist doch überbewertet und nutzlos!

Wie geht es weiter, liebste Tante?
Kapitän Belcher wird im nächsten Frühling in die Arktis fahren ...
... und die vier Schiffe, die Mr. Austin letztes Mal dabeihatte, dorthin mitnehmen; zusammen mit der *North Star* als Versorgungsschiff.
Die *Assistance* und *Pioneer* sollen den Wellington-Kanal erkunden ...
... während die *Resolute* und *Intrepid* nach Westen vordringen sollen.
Hoffentlich können sie auch in Erfahrung bringen, wie es um die *Enterprise* und *Investigator* steht!

Stimmt, die *Enterprise* und *Investigator* sind ja wieder losgefahren ...!
Genau, diesmal um Kap Hoorn herum, in den Westeingang der Nordwestpassage!

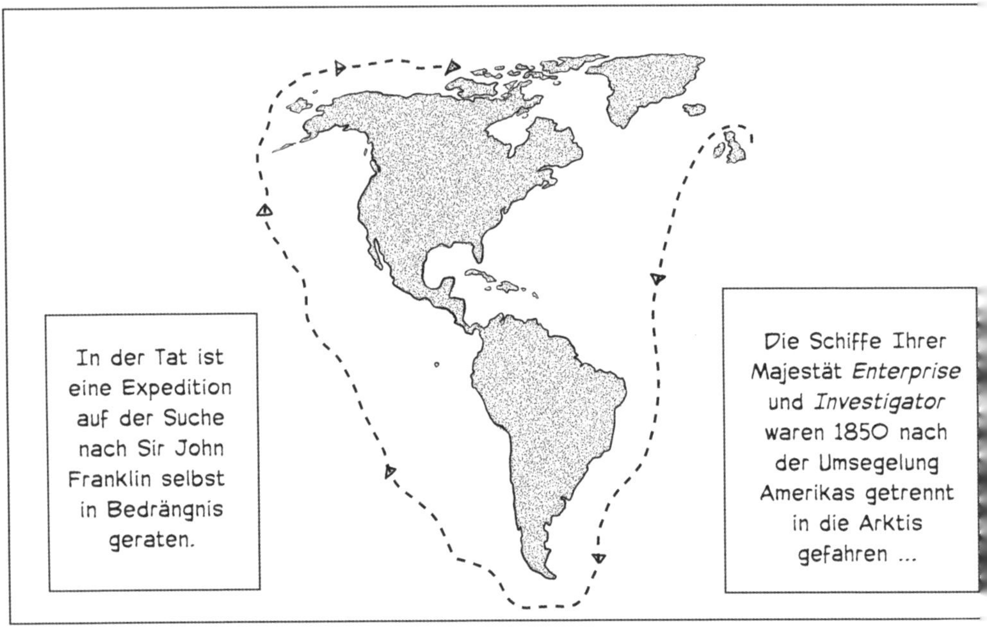

Die Schiffe Ihrer Majestät *Enterprise* und *Investigator* waren 1850 nach der Umsegelung Amerikas getrennt in die Arktis gefahren ...
In der Tat ist eine Expedition auf der Suche nach Sir John Franklin selbst in Bedrängnis geraten.

... und seit September 1851 sitzt die *Investigator* in ihrem Winterhafen in der Mercy-Bucht vor der Banks-Insel fest.

Frühjahr 1853
HMS *Investigator* acht Jahre nach der Abreise der Franklin-Expedition
Auch im Sommer hat das Packeis nicht nachgegeben.
AAAAAAAKKK
Skorbut, arktische Schwäche und Wahnsinn setzen der Mannschaft der *Investigator* in beängstigendem Ausmaß zu.
Wir haben keine Wahl. Wir müssen das Schiff bald aufgeben.
Es ist zu unwahrscheinlich, dass uns hier jemand findet.

Kapitän McClure! Kapitän!
Was?
Da ... da sind Leute, Sir!!
Leute!?
Sie meinen ... !?

Eng–
länder,
Sir!
Gentlemen,
mein Name ist
Leutnant Bedford
Pim ...
... HMS
Resolute.

Gefunden und gerettet, verlässt die Besatzung der *Investigator* ihr Schiff ...
... und nimmt den beschwerlichen Fußweg zu den 70 km entfernten Schiffen *Resolute* und *Intrepid* auf sich
Anfang 1854 hat Edward Belcher, Kommandant der *North Star, Assistance, Pioneer, Resolute* und *Intrepid* ...
Mir reicht's mit diesem Scheiß-Eis!
WAMM!
... endgültig genug von der Arktis.

HMS *Resolute* und *Intrepid*
Wie bitte?! Belcher will nach Hause!?
Und *vier* Schiffe zurücklassen!?
Wir sind doch gar nicht in Schwierigkeiten!
Er lässt sich nicht umstimmen, Sir.
Gleich vier Schiffe aufgeben, nur wegen dem bisschen Eis!?
Aber gut, soll er sich selbst vor dem Kriegsgericht rechtfertigen!
So gibt Edward Belcher im Sommer 1854 seine Flotte auf. *Assistance, Pioneer, Resolute* und *Intrepid* werden zurückgelassen.
Deren Besatzungen fahren auf der *Phoenix* und dem Versorgungsschiff *North Star* heim nach England.

Im Mai 1854 trifft eine Gruppe Inuit den schottischen Forscher John Rae in der Nähe der Repulse-Bucht.
Vor vier Wintern? Sind Sie sicher?
Ja, es war vor vier Wintern. Wir hörten, es seien etwa 40 Fremde, die nach Süden zogen. Sie gaben meinen Bekannten zu verstehen, dass ihr Schiff vom Eis zerdrückt wurde.
Im Frühjahr darauf wurden ihre zerstückelten Leichen gefunden.
Meine Bekannten sagten, die weißen Männer aßen einander auf.
Oh mein Gott!

Ich habe es selbst nicht gesehen, aber es soll ein grausiger Anblick gewesen sein.
!!

Was machst du da!?
Ich will nur dieses Fern-rohr!
KRRRCK
KRACK!
KRRCK
Ich hoffe, sie haben die Toten in Ruhe gelassen ...

Es gelingt John Rae, mehrere Hinterlassenschaften der Franklin-Expedition zu erwerben ...
... darunter auch einen silbernen Löffel mit den eingravierten Initialen "F.R.M.C" ...
... "Francis Rawdon Moira Crozier".

London
Winter 1854
Lügen!
Alles Lügen !!!
Wie kann dieser Rae es wagen!?
Tante, was ist los!?
Er nennt meinen Ehemann einen Kannibalen!
Einen Menschenfresser!
Wir dürfen nicht zulassen, dass der Name Franklin von solch bizarren Vorwürfen beschmutzt wird!
Jetzt geht es um sein Andenken, Sophia!

John Raes Berichte über Kannibalismus sind höchst kontro- vers. Niemand in England will glauben, dass sich britische Seefahrer zu solch verzweifelten Maß- nahmen herablassen würden.
Doch die Admiralität stellt unterdessen die Suche nach der Franklin- Expedition ein. Alle Teilnehmer werden offiziell für tot erklärt.
Ich werde das Rätsel lösen!
Es ist nur eine Frage der Zeit und des Geldes!
Was meinst du?
Die Admiralität mag nutzlos sein ...
... aber wir können uns selber helfen. Ich habe schließ- lich die Mittel dazu!

Im Sommer 1855 entdeckt ein amerikanischer Walfänger …
… in der Baffinbucht ein verlassenes Schiff.
PEQUOD
Kapitän, sie geben kein Signal!
Da ist nie-mand!

Es ist die HMS *Resolute*, 1854 von Kapitän Kellett und Kommandant Belcher aufgegeben ...
... die sich selbst aus dem Eis befreit hat und mit der Strömung durch den Lancaster-sund getrieben ist.

Die Walfänger nehmen die *Resolute* mit nach Amerika.
Die Regierung der Vereinigten Staaten kauft das Schiff und lässt es restaurieren.

Als Zeichen der Freundschaft zwischen England und den Vereinigten Staaten …
… erhält Königin Victoria im Dezember 1856 die *Resolute* zurück.

Später gibt sie den Auftrag, aus dem Holz der *Resolute* einen Schreibtisch zimmern zu lassen.

Diesen schenkt sie dem Präsidenten der Vereinigten Staaten.
Der *Resolute Desk* steht noch heute im Weißen Haus.

Lady Jane Franklin gibt nicht auf.
Sie kauft die Dampfjacht *Fox* und beauftragt einen Kapitän namens Francis Leopold McClintock, die Spurensuche erneut aufzunehmen …
… und zwar dort, wo bisher noch niemand gesucht hat.
McClintock erreicht die King-William-Inse im Frühjahr 1859.

Im Steinmal bei Victory Point …
… findet sein Leutnant Hobson die bislang einzige Nach- richt der Franklin- Expedition.
'… Sir John Franklin starb am 11. Juni 1847 und der Verlust durch Todesfälle in der Expedition …'
'… be- läuft sich bis dato auf neun Offiziere und fünfzehn See- leute.'

Im Südwesten der King-William-Insel findet McClintock ein einsames Boot mit zwei Skeletten ...
... und einer erstaunlichen Menge an Vorräten.
Sieben Paar Stiefel, Handtücher, Seife, Kämme, Bindfaden, Nägel, Feilen, Sägen, Kleiderbürsten, Segelmacherwerkzeug, Schießpulver, Munition, Schrot, Messer, Tee ...
"Der Landprediger von Wakefield" ...?
... Nähsets, Streichhölzer, Bleiplatten, Zahnbürsten, Silberbesteck ...
Mann, oh Mann!
... und vierzig Pfund Schokolade!?

Für seine Entdeckungen wird McClintock zum Ritter geschlagen ...
... und er schreibt ein Buch über seine Erlebnisse: "Die Reise der *Fox* im arktischen Eismeer", das zum Bestseller wird.
Ab 1860 verbringt der amerikanische Journalist Charles Francis Hall mehrere Jahre in der Arktis, lernt die Sprache der Inuit ...
... und versucht anhand ihrer Berichte, das Schicksal der Franklin-Expedition zu rekonstruieren.

Wie viele von den Fremden hat Ihr Cousin gesehen?
Vier. Er hat vier weiße Männer erwähnt.
Es ist schon viele Jahre her.
Seine Familie begegnete ihnen auf dem Weg nach Netsilik.
Der eine sah im Gesicht so krank aus, mit eingesunkenen Augen und abfallender Haut, dass mein Cousin ihn kaum ansehen konnte.

Diesem einen gab er etwas Robben-fleisch ...
... aber den anderen nicht, denn sie sahen wohlgenährt aus, weil sie ihre Kameraden gegessen hatten.
"Ihre Kameraden gegessen" ...!?
Ich weiß nur, was er mir erzählt hat.
Die Geschichten werden immer abstruser!
Irgendwo muss doch noch ein schriftliches Zeugnis der Franklin-Expedition zu finden sein ...

... wie die Log- und Tagebücher
der Kommandanten Crozier und Fitzjames!
Das Protokoll
schreibt vor, dass
man alle Aufzeichnungen
beim Verlassen der
Schiffe mitnimmt.
Sie *müssen* sie also
dabeigehabt haben,
egal wie beschwerlich
die Umstände waren!
Doch wo sind diese
Aufzeichnungen geblieben!?

Schon zuvor hatte mir ein Mann von einem Schriftstück erzählt, das er in einem Stein-mal gefunden hatte.
Können Sie mir auf der Karte zeigen, wo es war?
Klar! Es war hier!
Dort war ein Steinmal, etwa so groß wie ich selbst, erbaut von den Fremden. Drum herum lagen allerlei Dinge.
Wir nahmen das Steinmal auseinander, bis wir etwas darin fanden.
Und was haben Sie gefunden?

Im Steinmal war ein Metallbehälter, und darin fanden wir ein Papier.
Wie sah dieses Papier aus!?
Es war von Hand beschrieben. So wie das, was Sie da machen.
Und wo ist dieses Papier jetzt!?
Das haben wir den Kindern zum Spielen gegeben, wir brauchten es ja nicht.
... Mr. Hall?
?

Zwischen 1860 und 1869 gelingt es Hall, mehrere Personen ausfindig zu machen, die vom Schicksal der Franklin-Expedition gehört oder selbst Überreste gefunden hatten ...
... doch viele Geschichten, die er sammelt, lassen sich nicht eindeutig der Franklin-Expedition zuordnen, stimmen nicht mit anderen Versionen überein ...
... oder können seine vorgefassten Meinungen nicht bestätigen.

Es ist zum Verrücktwerden! So viele Aussagen, und die Geschichte macht immer noch keinen Sinn!
Es muss doch noch mehr Zeugen geben!
Denk dran, dass Franklin das Unglück hatte ...
... in eine Gegend zu geraten, die von uns Inuit nur selten besucht wird.
BOOTHIA
C. Felix
KING WILLIAM LAND
SIMPSON STR
RAE (B) 1854
ADELAIDE PENA
Kikertuk ist so unwirtlich und öde, dass selbst die Tiere es meiden.
Ich weiß, aber ich werde nicht auf-geben!
Franklins Witwe zählt auf mich, das Geheimnis zu lösen!

Tut mir leid, dass wir dir nicht besser helfen können.
Ach, Hannah! Alles, was ich bisher heraus-gefunden habe, verdanke ich doch dir und deinem Mann!
Auf seinen Reisen hat Hall zwei neue Freunde gefunden: Taqulittuq und Ipiirvik – er nennt sie "Hannah" und "Joe" – die ihm helfen, die Sprache der Inuit zu erlernen ...
... und auch zusammen mit ihm in die Vereinigten Staaten fahren.

Dort nehmen sie unter anderem an einer Ausstellung in *Barnum's American Museum* teil ...
Verehrte Damen und Herren, sehen Sie und staunen Sie! Die ersten Eskimos in den Staaten! Nur noch diese Woche!
BARNUM'S MUSEUM.
Wie entzückend!
... als menschliche Kuriositäten.
Charles Francis Hall stirbt 1871 auf dem Forschungs-schiff *Polaris* bei einem Versuch, den Nordpol zu erreichen ...
... angeb-lich vergiftet von seinem eigenen Schiffsarzt Dr. Bessels.

Spurensucher im 19. und 20. Jahrhundert finden weitere Überreste ...
... die jedoch nur wenige Teile eines großen Puzzles darstellen ...
... und mehr Fragen als Antworten aufwerfen.
Ein Durchbruch gelingt im September 2014 ...

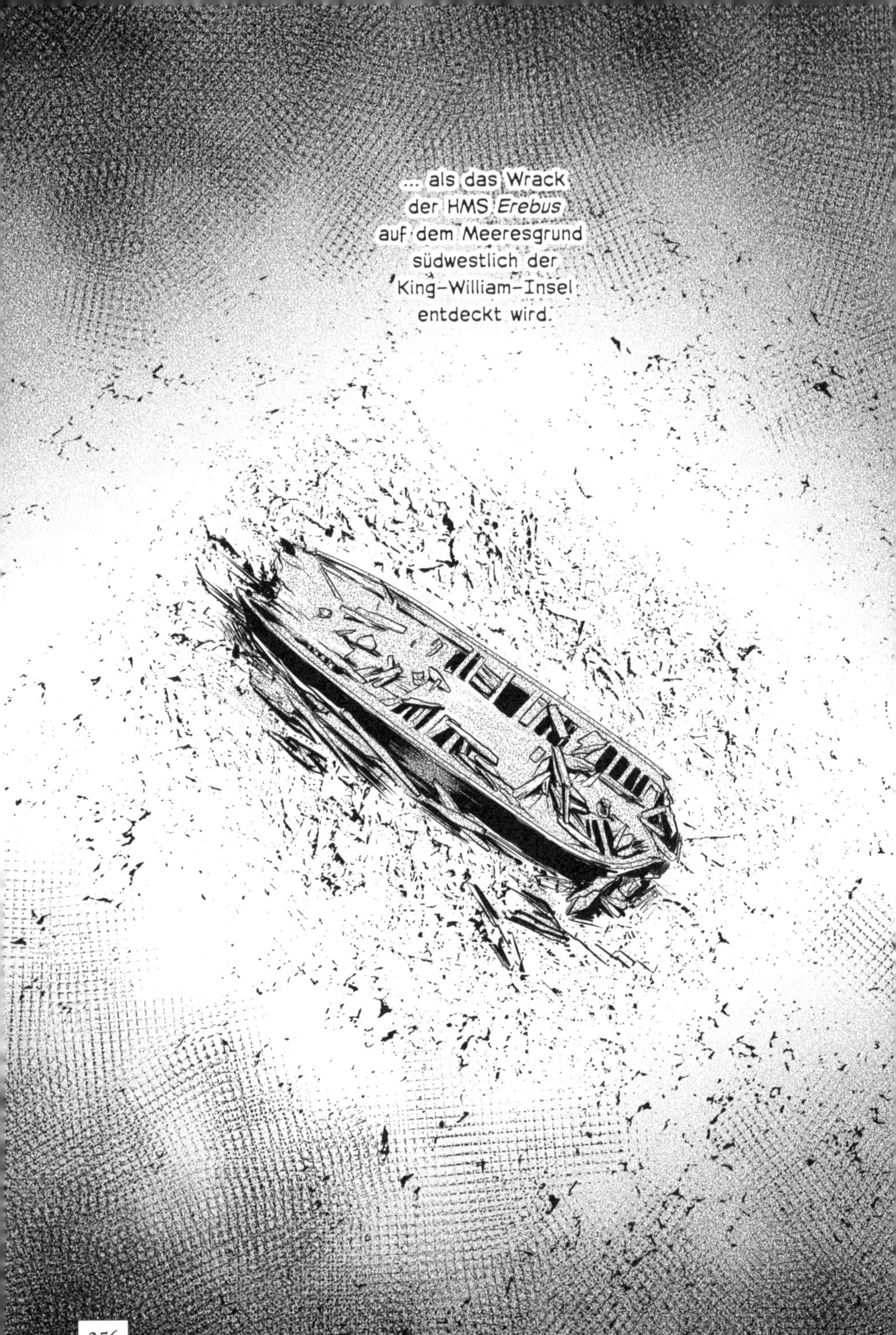
... als das Wrack
der HMS *Erebus*
auf dem Meeresgrund
südwestlich der
King-William-Insel
entdeckt wird.

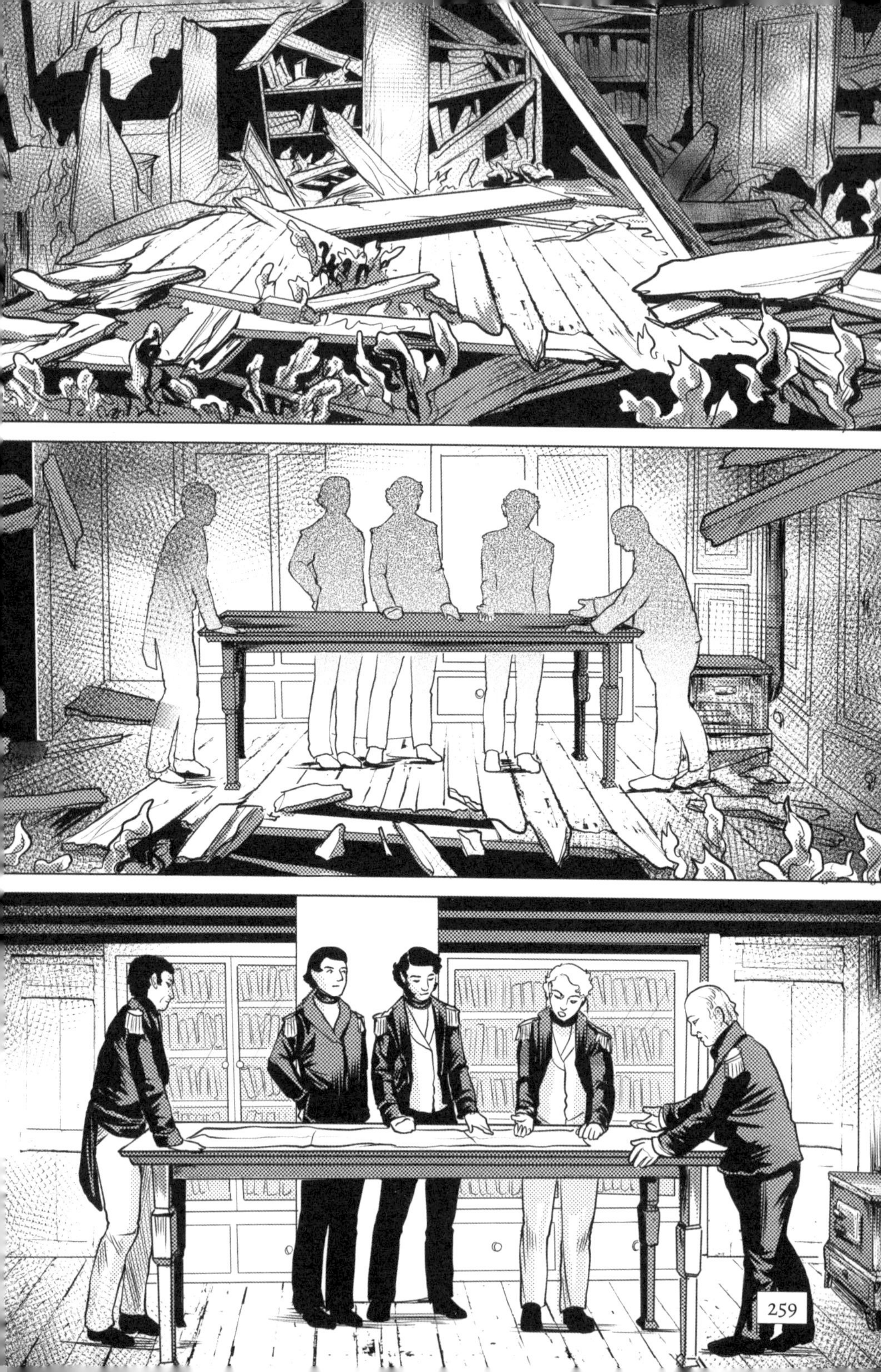

ENDE

SPUREN UND FUNDSTELLEN

Nach Berichten von Inuit, Knochen und Relikten, gesammelt von John Rae (1854), Leopold McClintock (1859), Charles F. Hall (1860-69) und Frederick Schwatka (1878-80)

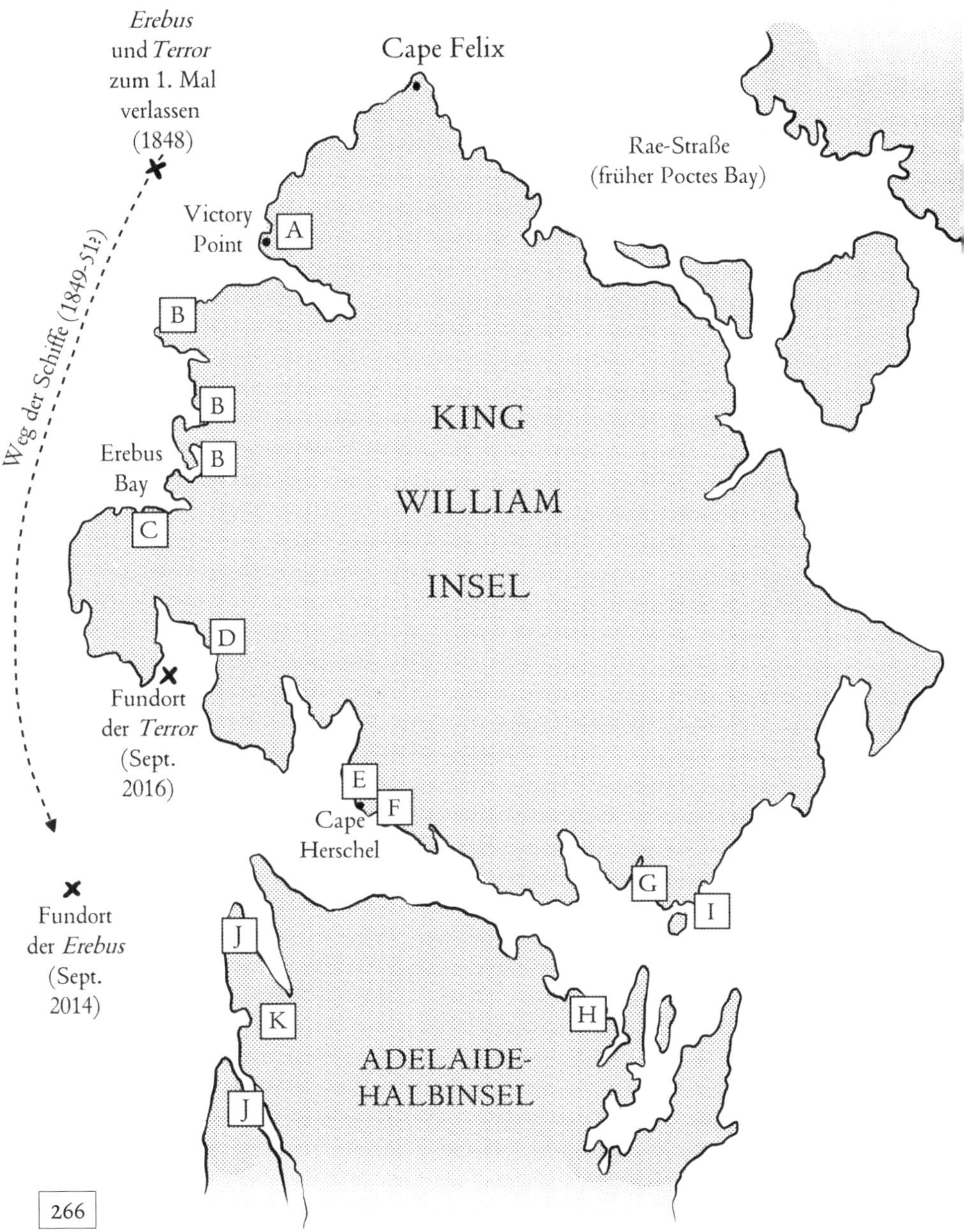

A Steinmal und Lager mit vielen Relikten (McClintock). Möglicherweise Aufzeichnungen hier begraben (Hall).
In der Nähe ein Grab, auf dem eine Medaille von John Irving, Leutnant der HMS Terror, gefunden wurde. Obwohl dieser einzige Hinweis auf die Identität des Skeletts kein Beweis ist, nimmt man an, dass es Irving war, der hier beerdigt wurde. (In „Im Eisland" handelt es sich um Graham Gore). Die Überreste wurden in Edinburgh beigesetzt.

B Gräber und Skelette (Schwatka).

C Ein Boot mit zwei Skeletten und vielen Relikten (McClintock, Schwatka).
Unbestätigte Berichte über ein weiteres Boot mit mehreren Skeletten (Hall).

D Inuit berichteten von einem Zeltlager mit vielen Skeletten, zwei Gräber (Hall, Schwatka).

E Begegnung der Inuit mit etwa 40 Männern der Franklin-Expedition (Rae, Hall).

F Skelett mit Überresten der Kleidung eines Stewards (McClintock).

G Skelett, das anhand einer Zahnfüllung als das von Henry Le Vesconte, Leutnant der HMS Erebus, identifiziert wurde. Eine moderne Rekonstruktion des Schädels ähnelt Harry Goodsir. Das Skelett wurde in Edinburgh beigesetzt (Hall).

H Relikte; Berichte von einem Boot und 35-40 Skeletten (Hall & Schwatka); Aufzeichnungen möglicherweise hier zurückgelassen (Schwatka).

I Gräber und Skelette (Hall).

J Relikte (Schwatka).

K Berichte von Fußspuren von vier Männern und einem Hund (Hall).

Eine Auswahl von in der Arktis gefundenen Gegenständen, hinterlassen von der Franklin-Expedition

Inklinatorium
Gerät zur Bestimmung der Inklination (Neigung der Feldlinien des Erdmagnetfeldes gegen die Horizontale).

Abzeichen des Guelphen-Orden, verliehen an Sir John Franklin im Januar 1836.

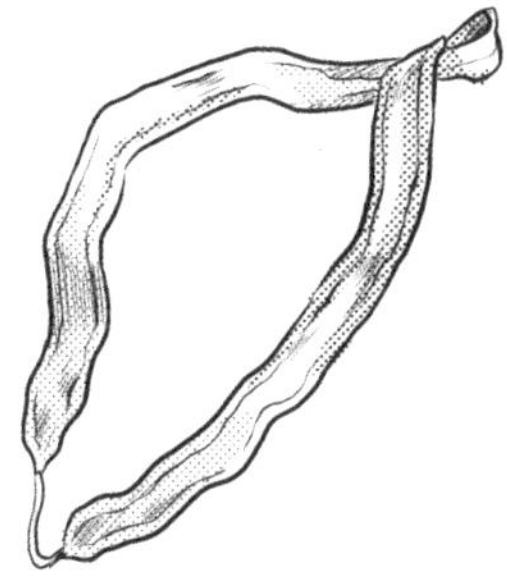

Goldenes Band,
vermutlich von der Kappe eines Offiziers.

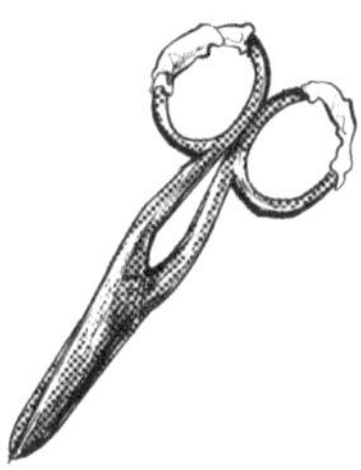

Schere aus Stahl
mit Überresten von buntem Stoff um die Grifflöcher herum; vermutlich, um auch bei eisigen Temperaturen damit zu schneiden.

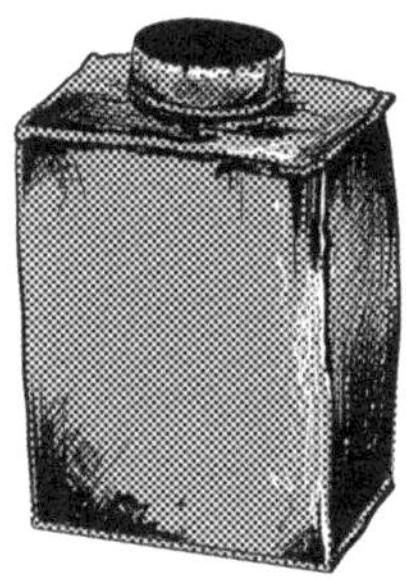

Leerer Tee- oder Kaffee behälter, lackiert aus Blech.

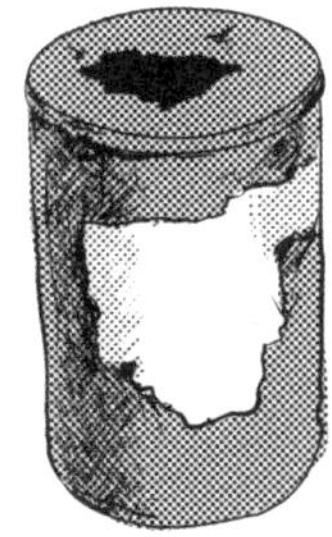

Konservendose aus rot angemaltem Eisenblech, hergestellt von Goldner. Ein Teil des Etiketts ist noch lesbar. Oben wurde mit Hammer und Meißel ein Loch hineingeschlagen.

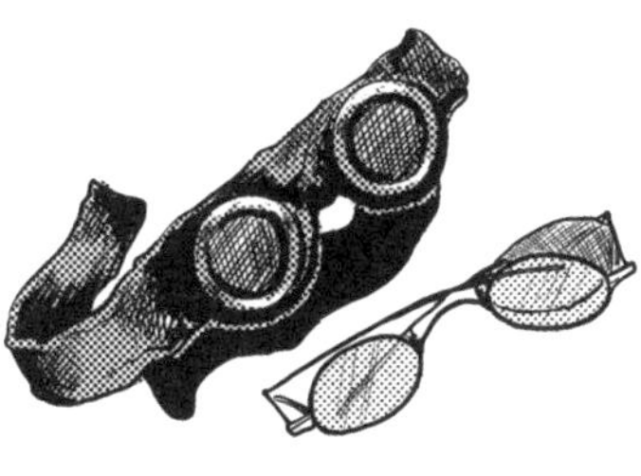

Zwei Schneebrillen. Links: eine Art Augenbinde aus Leder mit schwarzem Tüll; rechts: eine „normale“ Brille mit blau getönten Gläsern.

Überreste eines Halstuchs aus Seide, McClintock zufolge in der „Manier eines Stewards“ gebunden.

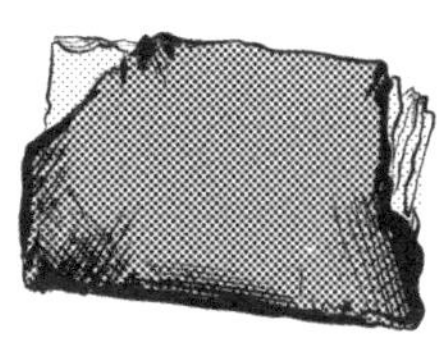

Christian Melodies, ein von Wind und Wetter stark angegriffenes Buch. Innen mit den Initialen G. G., ein Hinweis auf Graham Gore als Eigentümer

Improvisierter Kocher, wahrscheinlich für Schlittentrupps angefertigt.

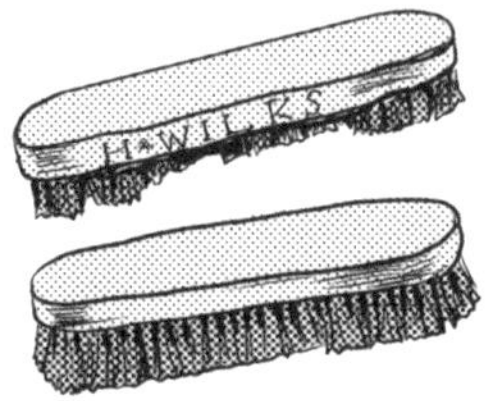

Kleiderbürsten aus Holz und Elfenbein; eine hat den Namen *H*Wilks* eingeschnitzt. Henry Wilks war einer der Seesoldaten an Bord der *Terror*.

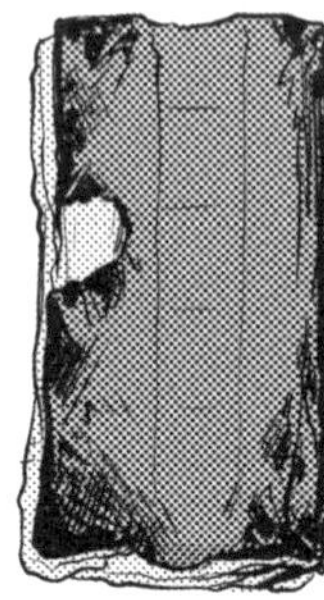

The Vicar of Wakefield,
Roman von Oliver Goldsmith. Stark von Wind und Wetter angegriffener Einband.

Streichholzdose aus Blech, von C. F. Hall von Inuit erworben, denen zufolge sie anfangs in Stoff eingewickelt war und Papier (!) enthalten habe.

Wasserflasche im Taschenformat für unterwegs, aus Blech.

Stiefel aus Leder.

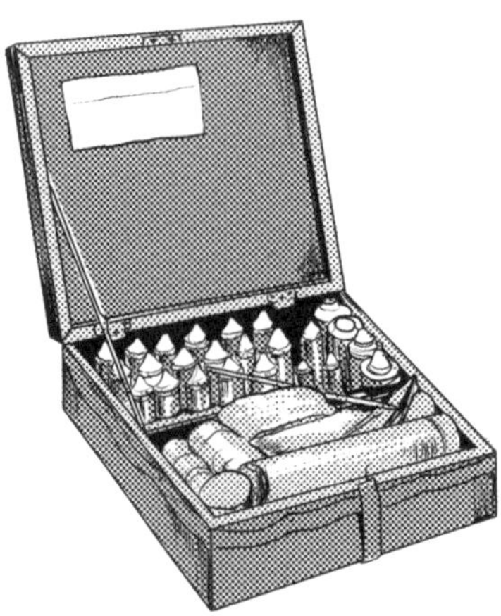

Medizinschatulle mit 23 Glasflaschen, davon teilweise mit lesbarem Etikett: Terpentin, Kampfer-Opiumtinktur, Tolubalsamtinktur, Herbstzeitlose, Ammoniak, Nelkenöl, Minzöl, Chininsulfat, Laudanum, Ipecac, Quecksilberchlorid, Skammoniumwurzelpulver, Jalappulver, Ingwerpulver, Quecksilberoxid, „Gregory's Stomachic Aperient Powder" (Zubereitung aus Rhabarber, Magnesium und Aromen), Magnesiumcharbonat, Olivenöl, Kampfer.

Darüber hinaus enthalten: eine Spritze aus Zinn, eine runde, Metalldose (Behälter für Salbe), drei Reagenzgläser, eine Pillendose, diverse Bandagen, eine Schreibfeder, ein Bleistift.

Anmerkungen

Kapitel 1

S. 7
Die Schlacht von Chinkiang (heute: Zhenjiang), in der britische Truppen chinesische Einheiten am 21. Juli 1842 siegreich bekämpften, gilt als Entscheidungsschlacht im Ersten Opiumkrieg (1839 – 1842).

S. 12
Die Hudson's Bay Company (HBC, französisch Compagnie de la Baie d'Hudson) ist heute ein kanadisches Handelsunternehmen, das bereits im Jahre 1670 gegründet wurde und damit eines der ältesten der Welt ist. Die HBC im britischen Dominion (Kanada) kontrollierte einige Jahrhunderte lang den Pelzhandel in großen Teilen Nordamerikas.

S. 23
Fraser Patent Kombüsenofen – So wie die meisten anderen Schiffs-Öfen in der Zeit wurde das Essen hauptsächlich in großen Kupferkesseln in einem Wasserbad gegart; der Ofen hatte aber auch Herdplatten. Das Feuer darin versorgte beide gleichzeitig. Die Theorie, dass das Wasser aus diesem Wasserbad mit Blei kontaminiert gewesen sein könnte, konnte bisher noch nicht bewiesen werden.

S. 25 Arktischer Rat – inoffizieller Klub von ehemaligen Polarfahrern der British Royal Navy. Ein Gemälde von Stephen Pearce in der National Portrait Gallery in London trägt den Titel: „The Arctic Council Planning a Search for Sir John Franklin" (Der Arktische Rat bei der Vorbereitung der Suche nach Sir John Franklin).

Kapitel 2

S. 67
„Eskimo" – veraltete Sammelbezeichnung für die indigenen Völker im nördlichen Polargebiet.

S. 70
Sir William Edward Parry (1790–1855) war Admiral der British Royal Navy und Polarforscher. Zwischen 1818 und 1827 unternahm er mehrere Arktisexpeditionen, um u.a. die Nordwestpassage zu entdecken und den Nordpol zu erreichen; beides misslang.

S. 73
Szene aus „Der Widerspenstigen Zähmung" von William Shakespeares

S. 80
Kriegsartikel (Articels of War, 1749) § 15 Desertion oder Anstiftung zur Desertion

Kapitel 3

S. 105
Laudanum (auch Opiumtinktur) – Lösung aus Opium, Alkohol und Wasser, die nach ihrer Erfindung um 1500 bis ins frühe 20. Jahrhundert verordnet wurde und eine schmerzstillende und beruhigende Wirkung hat. Eine Nebenwirkung des Betäubungsmittels ist die körperliche und psychische Abhängigkeit.

Kapitel 4

S. 231
Sir Edward Belcher (1799–1877) war ein britischer Seefahrer und Polarforscher, nach dem die kanadischen Belcherinseln benannt wurden. 1852 leitete er eine der erfolglosen Suchexpeditionen nach Sir John Franklin, in der er den Befehl gab, vier Schiffe im Eis aufzugeben. Nach seiner Rückkehr im Jahre 1854 wurde er dafür vor ein Kriegsgericht gestellt und freigesprochen.

S. 232
John Rae (1813–1893) war schottischer Arktisforscher, der für die Hudson's Bay Company als Arzt und Kartograf arbeitete. Er erkundete als Expeditionsleiter u.a. das Gebiet der Victoria-Insel und die nach ihm benannte Rae-Straße. 1860 und 1864 beteiligte er sich am Aufbau der Telegrafenleitung in die USA und Kanada. Die kanadischen Ortschaften Rae Isthmus (Nunavut) und Rae-Edzo (Nordwestterritorium) sind ebenfalls nach ihm benannt.

S. 254
Barnum's American Museum befand sich von 1841 bis 1865 am Broadway in New York. Es handelte sich um eine Art „Kuriositäten"-Sammlung und Theater. Neben Tieren wurden u.a. auch Menschen mit Behinderungen oder Menschen, die von der weißen Bevölkerung als „exotisch" empfunden wurden, vorgeführt.

Liebe Leserin, lieber Leser, wie hat Ihnen die Lektüre gefallen?
Wir freuen uns über Ihre Bewertung im Internet!

Die Deutsche Nationalbibliothek verzeichnet diese Publikation in der Deutschen Nationalbibliografie; detaillierte bibliografische Daten sind im Internet über http://dnb.ddb.de abrufbar.

Lagerstraße 7, 18055 Rostock
www.hinstorff.de

3. Auflage 2018

Herstellung: Hinstorff Verlag GmbH
Lektorat: Henry Gidom
Druck: optimal media GmbH
Printed in Germany
ISBN 978-3-356-02024-3